Le LIVRE de POCHE

JEUNESSE

Alain Grousset

Alain Grousset est né en 1956 à Guéret, dans la Creuse. Très tôt, il a émigré à Orléans, où il vit toujours. Passionné depuis son jeune âge par la science-fiction et la bande dessinée, il a créé avec deux amis la revue *Fantascienza* qui obtint le Prix spécial de la S.-F. française en 1980. Après des articles et des nouvelles, il a écrit ce roman, *La citadelle du vertige*, qui a reçu en 1990 le Grand Prix du livre pour la jeunesse. *Les Chasse-Marée*, dans la même collection, a obtenu le Grand Prix de l'imaginaire 1994.

LA CITADELLE DU VERTIGE

ALAIN GROUSSET

LA CITADELLE DU VERTIGE

Illustrations :
Manchu

HACHETTE
Jeunesse

DU MÊME AUTEUR DANS
Le Livre de Poche Jeunesse

Les Chasse-Marée
Grand Prix de l'imaginaire 1994
Les mangeurs de châtaignes

À Candé, Claude, Danielle, Olivier,
Patricia et Romain.

PREMIERE PARTIE

Symon dormait, perdu dans un rêve dont il était le héros.

« Allons ! Debout, fainéant ! »

Une poigne robuste le secoua, le ramenant à la réalité. Couché sur le ventre, littéralement empaqueté dans ses couvertures et son édredon de duvet, Symon poussa un grognement étouffé de dessous l'oreiller. Il se retourna, cligna des paupières et aperçut son père qui repartait vers le centre de la pièce. Celui-ci s'assit à la grande table de bois, marmonnant sur les jeunes gens qui pensaient plus à courir et à s'amuser qu'à se lever de bonne heure pour travailler.

Sentant qu'il valait mieux ne pas traîner au lit pour ne pas exciter davantage l'humeur morose de son père, Symon rabattit d'un geste brusque les couvertures. Assis sur le bord de sa paillasse, il chercha en grelottant sa chemise dans le tas informe de ses vêtements. Il mit ensuite ses braies et son surcot, puis il enfila ses chausses.

Le dos à la cheminée, Symon contempla un instant le jeu d'ombres et de lumières rouges projetées par l'âtre qui éclairait la pièce, unique lieu d'habitation pour la famille. Peu de meubles venaient remplir un espace déjà restreint. Au centre, face à la cheminée appuyée le long de la muraille, une énorme table trônait, flanquée d'un banc et de quelques tabourets. Du côté droit, vers la porte, se trouvait la huche, tout près de la paillasse de ses parents. A l'opposé, près de la fenêtre et de ses carreaux en papier verni, était sa couche. Symon étant fils unique, par chance ils n'étaient que trois, sa mère Jeanne, son père Jacquemin et lui-même, à occuper cet étroit logis.

Symon pensait avec plaisir que grâce à la montée d'étage, bientôt il ne verrait plus cette pièce au plafond bas, aux poutres noircies par des générations de feux. Le chef des charpentiers leur avait promis un logis plus grand avec une pièce pour dormir, ceci en accord avec les prêtres du chapitre qui octroyaient ainsi à son père une juste récompense pour son savoir-faire de tailleur de pierre.

Sa mère l'appela :

« Symon, viens manger ! »

Le jeune homme s'approcha de la table, enjamba le banc et s'assit. Dans l'écuelle, sa mère versa une soupe aux pois et lui donna une épaisse tranche de pain de seigle. Par petits morceaux, Symon l'émietta dans son assiette. A l'aide de sa cuillère de bois, il mélangea le tout jusqu'à ce que le pain ait bu toute la soupe.

Quelques instants plus tard, sa mère le trouva pensif, la cuillère suspendue à mi-chemin du potage et de sa bouche. Elle passa la main dans ses cheveux rêches et drus.

« Allez, réveille-toi ! Ton père a raison. Tu ferais mieux de dormir au lieu de courir avec tes amis plus ou moins recommandables. Dépêche-toi d'avaler ta bouillie au pain », dit-elle en riant.

La soupe engloutie, Symon prit son bonnet de laine grise et s'apprêta à sortir.

« Hé ! tête de linotte ! Où cours-tu comme ça sans emporter la musette ? Veux-tu qu'à sexte[1] ton père découvre que tu as oublié son repas ? »

Sa mère, hochant la tête, le regarda partir en courant, puis rentra se remettre à l'ouvrage.

★

La cathédrale se partageait en trois parties distinctes. Le village, qui comptait environ deux mille âmes, occupait plus du tiers de l'étage. A son opposé se trouvait la nef, là où le dimanche se réunissait toute la population pour l'office. Cette partie était richement décorée par des statues, des vitraux et autres ornements. Enfin, pour séparer le bâtiment religieux du village, une immense place dallée servait de parvis. C'était le cadre des grandes fêtes, qui ponctuaient la vie de la cathédrale. Les deux étages immédiatement inférieurs étaient la propriété exclusive du Seigneur. Interdiction était faite aux gens du village d'y descendre. Ils étaient sacrés. Le tabou religieux, et surtout la présence

1. La journée se divise en huit parties égales qui marquent, chacune, l'instant d'une prière particulière. Elles ont pour nom : laudes (3 heures), prime (6 heures), tierce (9 heures), sexte (12 heures), none (15 heures), vêpres (18 heures), complies (21 heures), matines (minuit).

d'hommes armés savaient décourager les plus téméraires.

Quant à plus bas...

★

Excepté l'hiver, le travail sur le chantier débutait à prime pour se terminer aux vêpres avec une pause d'une heure à mi-journée pour se restaurer. Jacquemin, le père de Symon, se faisait le devoir, en temps que maître-compagnon, d'arriver toujours le premier à la loge des tailleurs de pierre. C'était lui qui distribuait les tâches aux ouvriers et qui était responsable de la bonne marche de son atelier devant maître Guérin, l'architecte.

Symon, lui, arrivait presque chaque matin en retard. A toute allure, il traversait les étroites ruelles du village, désertées par les ouvriers, où s'affairaient tous les artisans. Ce matin ne faisait pas exception. Il salua au pas de course Pierre, le forgeron, qui tapait déjà comme un beau diable sur un morceau de fer rougi dans le ventre de l'enfer. Il grimpa quatre à quatre les marches étroites et raides du petit escalier qui le conduisit à l'étage en construction, là où se trouvaient toutes les loges. Près de celle des charpentiers, Thomas, son ami apprenti, lui lança:

« Alors, Symon, toujours en avance ? »

Cette invective fut saluée par les ricanements des autres ouvriers. Son retard légendaire était devenu l'objet de plaisanteries quotidiennes. Symon, se sachant fautif et peu désireux d'attirer l'attention de maître Guérin, ne répondit pas à ces quolibets.

Le jeune homme arriva juste à temps pour assister au court office religieux que célébrait chaque matin le père Joseph, un prêtre à l'allure débonnaire qui ne refusait jamais de boire le coup avec les ouvriers. Le cérémonial se composait invariablement d'une prière collective suivie de différentes requêtes adressées directement à Dieu et qui concernaient la bonne marche du chantier. Un jour c'était pour la solidité d'un mur, une autre fois pour protéger du mauvais sort les terrassiers ou pour le prompt rétablissement d'un homme blessé. Les façonniers l'aimaient bien car c'était le seul religieux qui comprenait leurs problèmes et qui les soutenait dans les moments difficiles. Par sa constante bonne humeur, il maintenait la plupart du temps le moral des hommes au beau fixe.

Symon et lui s'entendaient parfaitement. Le père Joseph ne lui tenait jamais rigueur de ses retards. Il disait : « Il faut bien que jeunesse se passe. » Parfois ils discutaient entre eux de sujets qu'il n'aurait jamais osé aborder avec son père.

Debout, réunis en demi-cercle autour du prêtre juché sur une pierre en guise d'autel, les ouvriers, bonnet à la main et tête basse, l'écoutaient pieusement.

« Dieu, bénis cette journée que tes fidèles vont consacrer par leur travail, à l'édification de cette cathédrale qui chaque jour nous rapproche davantage de toi.

— Amen ! répondirent en chœur les ouvriers.

— Bénis aussi Robert, le mortellier qui s'est gravement blessé en tombant avec une auge, ainsi que Thibaud, le verrier qui s'est brûlé la main gauche avec son fer à découper le verre. Aide-les à guérir rapidement afin qu'ils retrouvent très vite leur place parmi les autres compagnons. »

Après un dernier signe de croix, les ouvriers remirent leur bonnet sur la tête et se dispersèrent.

Le travail commença aussitôt. Jacquemin plaça son fils avec Othon, un solide ouvrier qui ne parlait guère mais qui abattait un travail considérable. Charge à eux de débiter un carreau de pierre en trois gros blocs qui serviraient au soubassement du nouvel étage. A l'aide d'un passe-partout, ils se mirent à scier la pierre blanche et crayeuse qui gémit sous le mordant de l'acier. Le travail était particulièrement pénible. Othon ne laissait guère de répit au jeune homme. Son père le savait bien. C'était pour le punir de ses folles équipées nocturnes qu'il le mettait à ce poste. Pour bien être en phase, Othon et Symon poussaient des « Han ! » qui scandaient la mesure et leur donnaient du cœur à l'ouvrage. Très vite leurs torses nus se couvrirent d'une pellicule de sueur sur laquelle venait se coller la fine poussière que crachait la scie à chaque aller-retour. De la tête aux pieds, ils prirent peu à peu la teinte blanchâtre des statues que les sculpteurs, quelques mètres plus loin, faisaient naître au bout de leurs ciseaux de fer.

Symon n'aimait pas ce travail. Non pas à cause de sa dureté, mais parce qu'il le trouvait abrutissant. On ne pouvait pas réfléchir pendant ce travail de forcené. Le métier de tailleur de pierre lui semblait trop grossier. Même s'il fallait épanner ou moulurer les blocs de pierre, cela ne restait pour lui que du gros œuvre. Souvent, il regardait avec envie les sculpteurs, véritables artistes, qui sans cesse caressaient la pierre, la façonnaient au gré de leur fantaisie. Avec une lenteur calculée, ils faisaient apparaître parures, personnages et autres ornements qui viendraient décorer, embellir le reste de l'ouvrage. Le plus souvent, le ou les fils d'un compagnon embrassaient la même spécialité que leur père. Rares étaient les changements de loges. Il fallait présenter de réelles dispositions pour le dessin, par exemple, pour être admis parmi les sculpteurs. Symon le savait. Mais en secret, il nourrissait ce rêve. En cachette, il s'entraînait à la technique du trait avec son ami Vincent, apprenti sculpteur. Sur des bouts de parchemins récupérés, il ébauchait avec un stylet des morceaux de frises, des mains jointes ou un détail de moulure. Vincent déclarait qu'il était très doué et qu'il devrait les montrer à maître Guérin et lui demander de devenir apprenti sculpteur. Symon n'osait pas. C'était l'affrontement avec son père à ce propos qu'il redoutait le plus. Alors, il trouvait toujours un bon prétexte pour retarder cette décision qu'il lui coûtait de prendre.

Au bout d'une bonne heure, un compagnon prit pitié de lui et le remplaça. Il aida alors d'autres ouvriers à transporter sur un bard des carreaux de plus de cent livres, près du treuil qui les monterait jusqu'au faîte de l'édifice.

Une volée de cloches indiqua sexte. Aussitôt les ouvriers cessèrent leur ouvrage. Descendant des échafaudages, posant leurs outils, ils se regroupèrent par affinité et s'assirent sur les blocs de pierre. De leurs besaces, ils sortirent pain, morceaux de lard, fromage et gourdes de vin. Symon prit sa part, donna le reste à son père et s'assit près du père Joseph qui semblait l'attendre.

« Alors, mon garçon, comment va ?

— Pas très fort, mon père, lui répondit Symon. J'ai l'impression d'être inutile, de ne pas servir à grand-chose. Vous dites que nous devons construire cette cathédrale afin de nous rapprocher de Dieu. Mais le verrons-nous un jour ? Combien d'étages faudra-t-il encore construire ?

— C'est dans la foi que tu trouveras les réponses à ces questions. Vois-tu, l'homme est passé maître dans la construction des bâtiments. Bâtir une cathédrale est la chose la plus merveilleuse qui soit. Dieu est lumière. Aussi montons-nous les colonnes les plus hautes, les croisées d'ogives les plus audacieuses afin que la lumière pénètre partout et nous inonde. L'être suprême est déjà avec nous, si c'est ça qui t'inquiète. Il nous regarde à chaque instant et juge nos actes.

— Alors pourquoi monter toujours plus haut ?

— La Terre est entourée d'un gigantesque voile noir qui est troué par endroits. Les étoiles sont les trous par où passe la lumière.

— Et le soleil?

— C'est un trou beaucoup plus près de nous, tout simplement. Un jour, demain peut-être, nous déchirerons le voile et nous deviendrons lumières parmi la Lumière. Dieu sera là pour nous accueillir. »

★

A discuter, l'heure passa vite. Le travail harassant reprit sous un soleil éclatant. De temps à autre, les hommes venaient épancher leur soif, en puisant, à l'aide d'une louche de bois, de l'eau fraîche contenue dans une grosse cruche de terre cuite entourée d'un linge humide.

« Symon, occupe-toi de Grison », dit son père.

Le plus souvent c'était à lui de soigner le cheval qui animait le palan. L'animal était habitué à avancer sans fin dans son énorme cage à écureuil. Grâce à lui, les pierres s'élevaient peu à peu jusqu'en haut des échafaudages; ce qui épargnait bien de l'ouvrage aux hommes. Symon lui parlait comme à une personne, lui caressant le museau ou lui tapotant les flancs. Il lui arrivait même de marcher à côté de lui, à

l'intérieur de la grande roue, communiant ainsi avec sa peine.

« Tiens, Grison, voici de l'eau et ton sac d'avoine. »

Avant la fin du travail, il le ramènerait à l'écurie où il retrouverait les autres chevaux et changerait sa litière. Pour l'heure, il aida un compagnon à disposer à plat une fenêtre pour voir si les différents blocs joignaient parfaitement. Maître Guérin, qui passait par là, admira le résultat :

« L'ensemble se tient bien, les replis de la moulure sont peut-être un peu trop en creux, mais l'effet final est heureux. Symon ?

— Oui, maître ?

— Tu passeras à la chambre des traits pour que je te donne les esquisses des chapiteaux des colonnes de la nouvelle nef. Ton père m'a dit qu'il pensait te confier la taille de l'un d'eux. J'espère que tu seras digne de sa confiance. »

Le cœur de Symon bondit de joie dans sa poitrine. Il avait tant espéré une chose pareille. Enfin, il allait manier à longueur de journée le ciseau et le burin.

Son impatience se fit grandissante à mesure que la journée avançait.

En fin d'après-midi, Symon frappa à la porte de la chambre des traits.

« Entre ! » dit maître Guérin.

Le jeune homme poussa la porte et pénétra dans la grande pièce. Ce lieu avait pour lui quelque chose de magique. Partout aux murs, des parchemins étaient accrochés, représentant des dessins compliqués. Les tables étaient recouvertes de maquettes, de plans dépliés. Des échantillons de bois et de pierres encombraient le rebord de la fenêtre. Symon s'approcha du maître qui, entouré de ses plaquettes de cire et de ses liasses de parchemins, était en train de tracer des traits à l'aide de son compas et de son équerre.

« Tu vois, je suis en train de calculer les lignes de force du nouveau transept. Il ne faut oublier aucun des paramètres, sinon ce serait la catastrophe.

— Puis-je vous poser quelques questions, maître ?

— Vas-y, je t'écoute.

— Combien d'étages a la cathédrale ?

— Nul ne le sait exactement. Depuis le commencement des travaux, bien des générations ont passé. Les charpentiers affirment que nous commençons le cent vingtième niveau, les plâtriers prétendent que nous sommes au cent dix-septième étage. Tu vois, les avis divergent. Tout dépend des confréries.

— Comment se fait-il que la cathédrale ne se soit pas écroulée ? Nous sommes si haut que nous ne voyons plus la Terre. Les nuages sont plus bas que nous.

— Je te répondrai que si nous sommes là tous les deux à débattre de la chose, c'est que la cathédrale est encore debout, lui répondit maître Guérin sur un ton malicieux. C'est vrai, les calculs pourraient faire penser qu'il est impossible de construire à une hauteur pareille. J'appelle cela le mystère de la citadelle du vertige. Mais nous construisons sur des bases solides, en veillant à ce que le poids des voûtes et des murs soient toujours dans le même axe. Cela conduit les points de force vers le bas, en évitant que la poussée des pierres ne parte vers l'extérieur. Et puis, nous construisons en diminuant à chaque fois la surface de l'étage supérieur par rapport à celui qui le précède.

— Mais alors, un jour, nous n'aurons plus de place ?

— Dans l'absolu, c'est vrai. Mais rassure-toi, d'ici là nous aurons crevé le toit du monde. »

★

Les vêpres sonnèrent enfin. Les hommes se réunirent autour de grands baquets d'eau afin de se laver de toute la sueur et la poussière accumulées pendant cette journée de labeur. C'était l'occasion de véritables batailles rangées à coups de seaux. Tant pis pour ceux qui ne s'étaient pas déshabillés assez vite !

La plupart des hommes finissaient l'après-midi, attablés devant une chope de bière ou de vin. Le village s'animait véritablement à cette heure-là. Les enfants et les animaux envahissaient les ruelles, criant, piaillant, hurlant à tue-tête. Les artisans délaissaient leur boutique pour venir rejoindre les compagnons. C'était pour eux l'occasion de savoir comment la journée s'était passée, quelles étaient les choses à faire ou à prévoir. Pierre le forgeron nota une nouvelle commande de pointes, le cordonnier le nombre de gants à découper dans le cuir et mille choses encore.

Jacquemin ne s'attardait guère à la taverne. Il y restait juste le temps nécessaire afin de ne pas paraître chien et mauvais payeur, puis il rentrait à la maison où Jeanne, sa femme, l'attendait. Symon rentrait le plus souvent avec lui, car on soupait de bonne heure.

« Alors, mes hommes ont-ils bien travaillé ?

— Mère, se précipita Symon, maître Guérin est d'accord pour que mon père me confie la taille d'un chapiteau. Tu verras, ce sera le plus beau.

— Ne sois pas si présomptueux, lui dit son père. Bien du travail et de l'application te seront nécessaires. Ce qu'il faut, c'est que tu sois fier de ton travail. »

Ils continuèrent de bavarder pendant que la mère mettait le couvert. Le repas du soir se composait d'une épaisse soupe suivie d'une purée de fèves avec de la viande salée, le tout arrosé d'un pichet de vin.

Peu après, Symon sortit retrouver ses amis. Dans sa poche, il avait une belle pomme rouge qu'il offrirait à Bertrade, la fille du tonnelier.

Presque tous les soirs, jeunes gens et jeunes filles se réunissaient sur une petite place, tout au bout du village, un des rares endroits où les murailles donnaient sur le vide. Accoudés aux remparts, ils pouvaient regarder le ciel qui les entourait. Souvent le soleil couchant teintait en rouge orangé les nuages qui perpétuellement masquaient le sol. Cela donnait une impression d'irréalité. C'était un spectacle qui les ravissait depuis toujours.

« Tiens, voilà l'éveillé, dit en riant l'un des garçons présents.

— Symon ! cria Bertrade qui accourut vers lui. La journée n'a pas été trop dure ?

— Non, ça a été. Et toi ?

— Oh, toujours pareil ! J'ai aidé ma mère à faire le ménage et la lessive, puis j'ai récuré à fond la grande pièce pour que mon père n'y trouve rien à redire et qu'il me laisse sortir ce soir.

— Tiens, je t'ai apporté une pomme.

— Merci, tu es gentil. »

Au son de flûtes et de tambourins, certains jeunes se mirent à danser pendant que d'autres commençaient une partie de dés ou de palets.

Bertrade et Symon s'éloignèrent de la fête. Ils s'accoudèrent sur le petit rebord de pierre d'une fenêtre à ogive. En se penchant, ils avaient une vue plongeante sur le bas-côté de la cathédrale. Une dizaine d'étages étaient visibles, le reste disparaissait dans les épais nuages qui ne quittaient jamais l'édifice. Quelquefois au niveau des étages réservés au Seigneur, ils entrevoyaient de vagues silhouettes qui se perdaient bien vite parmi les colonnades. Ils allèrent ensuite s'asseoir sur les marches d'un petit escalier qui descendait vers l'étage du dessous.

« Sais-tu, Bertrade, maître Guérin, l'architecte, m'a autorisé à réaliser le chapiteau d'une colonne.

— Mais c'est merveilleux !

— Sur le coup j'ai pensé cela, mais

maintenant, j'ai peur de ne pas être à la hauteur.

— Mais pourquoi ? Je suis sûre que tu y arriveras. »

Symon regarda la jeune fille. Ses longs cheveux blonds étaient tressés en deux nattes qu'elle ramenait en coques sur ses oreilles. Pour qu'elles ne bougent pas, Bertrade les enserrait dans une résille noire. Elle portait une chemise de lin finement tissée à manches larges et une longue robe plissée grise. Sur la chemise, un bliaud sans manche, de couleur noire, et une large ceinture de cuir rehaussaient l'ensemble tout en mettant en valeur la finesse de sa taille.

Le jeune homme approcha sa main du visage de Bertrade, lui caressa la joue rose et fraîche.

« Bertrade, dit Symon dans un souffle, je t'aime ! »

Ils échangèrent un long baiser, oubliant tout pendant quelques instants.

« Oh, le Symon est amoureux ! Y bécote la Bertrade ! dit soudain une voix.

— Oh, le Symon est amoureux ! Y bécote la Bertrade ! reprirent en chœur plusieurs jeunes garnements qui s'étaient cachés aux alentours.

— Attendez que je vous attrape, dit

Symon en colère. Le cul va vous chauffer. »

Bertrade se leva, lui prit la main.

« Allez, viens. Allons rejoindre les autres. »

Les deux jeunes gens retournèrent vers le groupe. Aussitôt, ils entrèrent dans la danse. La fête, une fois de plus, promettait d'être longue.

DEUXIEME PARTIE

Vue d'en haut, la cathédrale ressemblait au squelette d'une baleine échouée il y a bien longtemps sur une grève où elle se serait lentement décomposée. Telles des côtes, les arches inachevées à moitié construites étaient irisées par les premiers rayons de soleil. Quelques nappes de brouillard achevaient de se dissiper grâce à l'effet conjugué de la chaleur du matin et d'une légère brise.

Depuis l'aube, une nuée de pigeons fendait l'air sans but, en larges cercles réguliers. L'un des oiseaux au plumage grisâtre parsemé de taches blanches se détacha brusquement pour plonger au cœur de la construction, louvoyant à travers les obstacles.

Vue d'en haut, la cathédrale ressemblait au squelette d'une baleine échouée, il y a bien longtemps, sur une grève où elle se serait lentement décomposée. Telles des côtes, ses arches laiteuses à moitié construites étaient irisées par les premiers rayons de soleil. Quelques nuées blanchâtres achevaient de se dissiper grâce à l'effort conjugué de la chaleur du matin et d'une légère brise.

Depuis l'aube, une volée de pigeons fendait l'air, sans répit, en larges cercles réguliers. L'un des oiseaux, au plumage gris parsemé de taches blanches, se détacha brusquement pour plonger au cœur de la construction, louvoya à travers les obstacles, frôla les échafaudages, vira au dernier moment pour éviter un lourd madrier puis ressortit, telle une flèche, pour reprendre de la hauteur. Un étrange sifflement vint alors couvrir celui du vent qui glissait le long de ses ailes. L'oiseau n'eut pas le temps d'en découvrir la source ; deux énormes serres lui transpercèrent les plumes pour se refermer impitoyablement sur son dos.

Au cri de victoire poussé par le rapace, tous les ouvriers levèrent la tête. Ils reconnurent tout de suite le faucon royal. Un murmure s'éleva aussitôt du chantier : « Le Seigneur est là ! »

★

Une longue procession précédait le souverain. Deux rangées de prêtres, les mains dans les larges manches de leur bure et le visage masqué par un profond capuchon, avançaient à pas lents. Les prêtres rouges — on les appelait ainsi à cause de leurs habits carminés — psalmodiaient de lancinantes litanies, renforçant ainsi l'impression solennelle de la venue du maître. Suivait une cinquantaine de gens d'armes, avant-garde de toute une cour composée des différents prélats, nobles, jouvencelles et jouvenceaux. Le Seigneur arrivait ensuite, entouré d'une

troupe de bateleurs, danseuses, jongleurs, cracheurs de feu. Tout ce joli monde évoluait, gesticulait, frétillait, ondulait entre les carreaux de pierre, les bardeaux de bois et autres matériaux du chantier. Les belles jeunes filles exécutaient avec grâce des figures de danse compliquées au son d'une flûte aigrelette tandis que des jongleurs, en costumes rayés, s'entouraient de boules multicolores qui semblaient avoir leur vie propre. D'autres, acrobates, partaient en de folles cabrioles qu'un tambour rythmait de coups sourds. Juchés sur les plus hautes pierres, les cracheurs de feu ponctuaient cette parade de longues langues de feu. Cela hypnotisait tous les ouvriers, brouillant par instant leur regard. Ils éprouvaient un mélange d'admiration et de crainte pour ces hommes qui avaient domestiqué les flammes de l'enfer.

Le Seigneur leva la main droite. Aussitôt toute sa suite se figea et le silence s'établit. Sur son avant-bras gauche, le faucon était revenu prendre place, les serres et le bec ensanglantés. Le visage noueux du Seigneur était celui d'un homme d'une quarantaine d'années. Une véritable puissance se dégageait de lui. Des cheveux foncés drus et bouclés tombant jusque sur ses épaules lui donnaient un aspect sévère que venaient encore renforcer des yeux verts flamboyants et une barbe très courte parsemée de poils blancs.

Ce qui impressionnait le plus les villageois était que lui et sa cour ne vieillissaient jamais. Depuis des générations, ils avaient la même apparence. Le Seigneur et les nobles semblaient immortels. L'Église expliquait qu'ils étaient les élus de Dieu. Ils avaient pour mission de veiller à la bonne marche de cette fabuleuse entreprise qu'était la construction de la cathédrale. Dieu leur avait donné une immortalité temporaire, le temps nécessaire à ce que l'Homme rejoigne son Créateur.

Maître Guérin s'approcha.

« Seigneur, c'est un véritable honneur que votre visite sur notre chantier.

— J'aime de temps à autre me rendre compte par moi-même de l'avancement des travaux.

— Je puis vous dire que les premiers jalons du nouvel étage sont bien en place. Tout se passe pour le mieux. Déjà certains linteaux et arcs-boutants sont en place. Quant à cet étage, comme vous pouvez le constater, il est en voie d'achèvement. Nous serons bientôt prêts pour la montée d'étage. Les ouvriers s'affairent aux dernières finitions. Les maîtres verriers ainsi que leurs compagnons tiennent à apporter aux vitraux une touche toute spéciale. »

Comme pour renforcer cette affirmation, la lumière du matin troua violemment les vitraux, allumant les personnages, irisant les attitudes, incendiant les lettrages. Différentes taches de couleurs vinrent teinter l'immense parterre de carreaux blancs et noirs. L'impression de grandeur et de force qui se dégageait de cette nef, encore inhabitée, était telle qu'elle imposa le respect à tous. Le Seigneur, la tête relevée, le visage auréolé de ces reflets lumineux, hocha doucement la tête.

« Par son travail et son amour des belles choses, l'homme a su maîtriser, canaliser les forces naturelles créées par Dieu. Vous tous ici devez donner votre maximum dans la construction de cette cathédrale. C'est par le labeur que vous marquerez votre passage sur cette terre et montrerez ainsi à Dieu votre volonté de vous rapprocher de lui. Suez, souffrez et priez ! Telle doit être votre devise. Continuez, le salut est au bout du chemin ! »

Sur ces paroles, le suzerain fit demi-tour puis s'éloigna selon le même rituel qu'à son arrivée. Maître Guérin invectiva aussitôt les ouvriers.

« Allons ! Retournez à votre ouvrage. Inutile de fainéanter plus longtemps. »

★

Symon, malgré la foule qui commençait à se disperser, était comme pétrifié, à la vue de ces personnes qui lui semblaient si loin de la réalité quotidienne. Les autres le bousculaient, mais il n'y prêtait pas attention. Son regard accrocha tout à coup celui d'une demoiselle habillée d'une magnifique robe de soie gris perle. Ses longs cheveux bruns ramenés en arrière tombaient en cascade sur son dos. Son visage était étrangement blanc, sans doute l'effet d'un savant maquillage. Ses lèvres étaient peintes d'un bleu sombre. Deux énormes perles en forme de poire, accrochées à chaque oreille, soulignaient la finesse de son visage. Elle tenait à la main droite une rose rouge qu'elle respirait de temps en temps.

Symon ne pouvait détacher son regard de celui de la jeune fille. Elle-même, tout en continuant d'avancer, tourna lentement la tête afin de ne pas briser cet instant privilégié. Le charme se rompit lorsque la jeune fille dépassa l'endroit où se tenait Symon. Mais elle s'immobilisa soudain, se laissa devancer par les autres personnages, se

retourna et regarda à nouveau Symon. Le jeune homme sentit son cœur battre à tout rompre. D'un geste élégant, la demoiselle, après l'avoir sentie une dernière fois, lança vers lui la rose rouge. Symon se précipita, accroupi à travers une forêt de jambes, à la recherche de la fleur avant que quelque imbécile vînt à l'écraser. Il se releva très vite, son précieux butin à la main. Il chercha la jeune fille pour la remercier, mais ses yeux ne rencontrèrent que le flot de bures carminées des prêtres. Sans cette fleur dont le parfum l'enivrait, Symon aurait pu croire qu'il venait de rêver. Une claque énergique dans le dos le ramena à des pensées plus terre à terre.

« Encore en train de rêvasser, lui dit le compagnon qui venait de lui masser si gentiment les omoplates, dépêche-toi donc ! L'ouvrage ne manque pas ce matin. »

Symon glissa la rose dans sa chemise et le suivit vers l'autre bout du chantier qui avait repris ses habitudes.

★

« Symon, viens avec moi », dit Jacquemin le lendemain.

Ensemble, ils se rendirent à l'endroit où l'on entreposait les pierres à tailler.

« Tout d'abord, commença son père, tu dois choisir avec soin la pierre que tu vas travailler. A l'œil, tu dois savoir la jauger. Il ne faut pas la prendre trop grosse, mais il te faut cependant une marge de manœuvre suffisante. Quelques blocs seulement vont correspondre à ce que tu attends... »

Symon l'écoutait avec attention.

« ... Ensuite, examine ta pierre de tous les côtés. Regarde, par exemple, celle-ci : vois-tu cette petite veine, légèrement plus foncée ?

— Oui, père, dit le jeune homme. Elle part du haut pour traverser en diagonale presque toute la largeur de la pierre.

— C'est cela. Eh bien, dis-toi qu'au bout de quelques coups de maillet, elle se fendra comme une noix. Elle est tout juste bonne à remplir un mur de soutènement. Il faut en choisir une d'une belle couleur bien unie. »

Marchant presque accroupis, ils se déplacèrent de pierre en pierre, jusqu'à ce qu'ils eussent trouvé celle qui convenait.

« Maintenant intervient le toucher, continua le père. C'est une chose très importante. Tu dois la caresser, sentir son grain. C'est lui qui te dira si c'est vraiment la pierre que tu cherches. Il ne doit pas être trop gros, ni trop fin. Juste ce qu'il faut pour que l'acier de ton ciseau morde le plus franchement possible. »

Jacquemin promena plusieurs fois ses doigts noueux sur les côtés de la pierre, en décrivant de petits cercles. Des années d'expérience se retrouvaient dans ce geste.

« Celle-ci n'est pas mal. Emmenons-la à la loge. »

★

La loge, en réalité une cabane appuyée sur un mur extérieur de la cathédrale, résonnait des coups stridents des ciseaux sous lesquels on devinait ceux plus sourds des maillets. Plusieurs compagnons s'affairaient devant des blocs plus ou moins avancés. Symon avait du mal à respirer dans l'atmosphère qui régnait dans la pièce. L'air sentait la pierre brûlée tandis qu'une poussière fine pénétrait dans les poumons.

Avec son père, ils installèrent le bloc qu'ils avaient choisi sur un haut billot de bois.

Jacquemin appela Jehan, un des ouvriers, et lui demanda de prendre Symon sous sa coupe.

Le jeune garçon connaissait de réputation le tailleur de pierre.

« Tiens, Symon, dit Jehan, voici tes outils.

Il faudra en avoir soin et veiller sur eux jalousement. »

Symon les soupesa.

« Fais bien attention à ta prise. Il faut tenir fermement le ciseau et être sûr de l'endroit où tu vas frapper. Taper fort avec le maillet n'est pas nécessaire. Ce qu'il faut, c'est être bien dans l'axe du ciseau pour qu'il ne dérape pas. »

La journée passa vite pour Symon. Mais le soir il ne sentait plus ses doigts à force d'avoir serré ses outils. Son pouce gauche gardait la douloureuse mémoire d'un coup de maillet mal ajusté. Heureusement que le lendemain était dimanche, jour de repos consacré à Dieu.

★

Les cloches carillonnaient à toute volée. C'était l'annonce de la grand'messe. Tous, sans exception, devaient s'y rendre.

« Symon, dépêche-toi, nous allons être en retard, dit sa mère.

— Voilà, j'arrive. »

Pour la circonstance, il avait mis son bliaud neuf de toile noire.

Comme eux, les retardataires pressaient le pas, faisant bien attention de ne pas tomber sur les pavés des ruelles, mouillés par la pluie fine qui tombait depuis le petit matin. Arrivés sur le parvis de l'église, ils grimpèrent rapidement les marches qui menaient au grand porche. Les hommes ôtèrent leur bonnet de laine tandis que les femmes mettaient un châle sur leur tête. Après s'être signés, les habitants du village avançèrent par la grande allée le plus près possible de l'autel. Les hommes se rangèrent sur les bancs de droite tandis que les femmes faisaient de même à gauche de l'allée.

Déjà le chœur des moines entonnait un chant grégorien. Le Seigneur n'était pas là. On ne le voyait que pour les grandes occasions, comme Noël et Pâques. Le reste du temps, il entendait la messe de l'évêque dans une petite chapelle privée attenante à ses appartements.

Symon, tout en suivant avec application le déroulement de la cérémonie, essayait d'apercevoir, de l'autre côté de l'allée, Bertrade qui devait être près de sa mère. Ce ne fut qu'au moment de la communion qu'il put enfin l'entrevoir. Elle portait un beau corsage blanc au col de dentelle et une large jupe noire. Un châle de laine recouvrait ses épaules sans toutefois cacher complètement une grande natte qui chutait jusqu'au creux de ses reins.

Une bouffée de fierté gonfla la poitrine de Symon.

« Que ma Bertrade est belle ! »

A la fin de la messe, les hommes se retrouvaient dans les tavernes environnantes pour boire un bon gobelet de vin chaud tandis que les femmes rentraient préparer le repas dominical qu'elles amélioraient de l'ordinaire par des beignets aux pommes ou du pain d'épice.

Symon, Vincent et Pierre accompagnèrent, chez elles, Bertrade et ses deux amies, Mariette et Guenièvre. Ce n'est pas d'un très bon œil que les mères voyaient tourner ces jeunes gens autour de leurs filles.

« Qu'est-ce que vous faites cet après-midi ? demanda Vincent.

— Nous allons toutes trois chez les Berthot, filer la laine, dit Mariette.

— Demandez à Thomas si vous pouvez venir chez lui, dit Guenièvre. Nos parents n'en sauront rien et ainsi nous serons tout l'après-midi ensemble. »

Symon appela Bertrade au moment où les jeunes gens allaient se séparer.

La jeune fille s'approcha du garçon.

« Tiens ! dit-il en sortant de dessous sa chemise la rose qui paraissait toujours aussi fraîche.

— Oh ! mais où as-tu trouvé cette fleur ? dit-elle en la prenant délicatement.

— C'est une fille de la Cour qui l'a laissée tomber. Elle est à toi maintenant. Tu sais, elle ne fane jamais. »

Symon vit aussitôt une lueur de crainte s'allumer dans les yeux de Bertrade qui lui marmonna un vague merci en tremblant. Elle partit en courant, laissant le jeune homme dans l'expectative.

★

Avec les vieux, assis près de la cheminée où un bon feu brûlait, et les autres autour de la grande table, la pièce semblait bien pleine. Les Berthot n'avaient pas été dupes de la visite inopinée des trois garçons à leur fils Thomas. Mais le père Berthot, le menuisier du village, était bon enfant et ces manières n'étaient pas sans lui rappeler la façon dont il avait courtisé son épouse.

Les filles filaient la laine près des chandelles car la lumière du jour n'était plus suffisante depuis que le plancher de l'étage supérieur était posé. Elles regardaient les garçons, parlaient à voix basse et riaient à chaque instant. Symon et les autres étaient un peu intimidés. Ils avaient été embauchés par le père Berthot pour tresser des paniers.

Le menuisier interrogea les garçons sur ce qu'ils faisaient au chantier. Puis, il raconta des anecdotes qui firent rire tout le monde. Vint le tour des vieux de narrer leurs souvenirs et de conter des légendes.

« On raconte, dit l'un d'eux, qu'un jour, il y a bien des années de cela, un homme avait décidé de retourner sur la Terre. Tout le monde l'avait mis en garde devant cette folie. Les prêtres l'avaient bien prévenu que plus bas, là où les hommes ne sont plus, le Diable et ses démons prennent place.

« Aucun avertissement n'y fit.

« Sa décision était prise : il descendrait. Il prit une dizaine de torches, de la nourriture pour plusieurs jours, embrassa sa famille et partit. Nul ne le revit jamais. Mais on prétend que quelquefois on aperçoit, tout en haut de la cathédrale, un beau pigeon blanc. C'est l'âme de ce malheureux qui n'a pu trouver le chemin de Dieu et qui tourne sans fin en espérant être sauvé le jour où les hommes rejoindront la Lumière.

— Mais alors, demanda Symon, pourquoi plaçons-nous les morts dans les étages inférieurs ? »

La question du jeune homme sembla surprendre les autres gens qui baissèrent la tête dans un silence gêné. Le vieux Renaud, un des plus âgés de la communauté, le regarda de ses petits yeux toujours alertes.

« Mon garçon, ta question est pertinente et impertinente à la fois. Tu ne voudrais tout de même pas jeter les vieux dans le vide ! En ayant reçu les saints sacrements, les âmes des morts rejoignent Dieu. C'est seulement l'enveloppe charnelle que nous abandonnons au Diable, chose qui ne l'intéresse pas du tout. C'est de l'esprit dont il veut s'emparer. Et puis, si cela peut te rassurer, le Diable ne s'aventure pas dans les étages immédiatement inférieurs au nôtre. La présence de Dieu y est encore trop forte. D'ailleurs seuls les prêtres et les gens d'armes du Seigneur ont le droit de descendre quelques étages. Après... nul n'oserait s'y aventurer de toute façon. Il n'y a que les servites qui le peuvent. »

La conversation glissa sur d'autres sujets moins épineux. On n'aimait guère parler de ces choses-là qui restaient d'ailleurs bien mystérieuses pour la plupart des gens.

Quand les filles eurent filé toute la laine qu'elles avaient apportée, les jeunes prirent congé pour s'en retourner chez eux.

« Qu'est-ce qui t'a pris tout à l'heure ? demanda Bertrade à Symon. Pourquoi poses-tu ce genre de questions ? Tu vas finir par te mettre mal avec les gens. Et puis, tu sais bien que l'Église n'aime pas que l'on parle de tout ça.

— Je sais, Bertrade, mais c'est plus fort que moi. C'est simplement de la curiosité. Tu trouves normal que l'on vive dans un endroit entièrement clos, ceinturé par le vide, à aller toujours plus haut ? Regarde-nous, nous sommes jeunes ! Eh bien, dis-toi que lorsque le prochain étage sera terminé, nous serons morts ou presque.

— Vivre là ou ailleurs, quelle différence ? Nous mourrons un jour de toute façon.

— Tu as peut-être raison, mais c'est l'espace qui me manque le plus.

— La cathédrale est gigantesque, nous ne sommes pas à l'étroit.

— Mais la cathédrale n'est rien, dit Symon. Compare-la à l'immensité du ciel qui nous entoure. J'imagine que la Terre est aussi grande. J'aimerais pouvoir la toucher, courir droit devant pendant des jours sans qu'aucun mur ne vienne m'arrêter. Des fois, je voudrais être un servite ; ainsi je verrais le bas de la cathédrale et je regarderais tout en haut, le soleil dans les yeux. Cela doit être magnifique.

— Tu es fou ! un servite ! On les dit sourds et muets, et nul n'a le droit de les voir sous peine de se damner pour l'éternité.

— Oui, je sais.

— Assez, Symon, tu me fais peur avec tes visions saugrenues. Si nous sommes ici, c'est parce que Dieu l'a souhaité ainsi. Et puis tu voudrais me perdre en devenant servite ?

— Non, je t'aime trop.

— Alors tâche de tenir ta langue la prochaine fois. »

Sur ces paroles, Bertrade le planta là et rejoignit le reste du groupe. Symon était déçu par l'attitude de son entourage et surtout celle de Bertrade. Aucun d'eux n'essayait de comprendre ce qui pouvait se passer en dehors de leur routine.

Aujourd'hui, Symon n'avait plus goût à la fête. Il passa son humeur à donner des coups de pied dans les détritus qui jonchaient les pavés humides.

★

La nuit était tombée depuis peu lorsque Symon décida de regagner le logis de ses parents. Il avait passé la fin de l'après-midi assis sur les marches de pierre de l'escalier qui menait au futur déambulatoire. Il avait regardé, sans vraiment le voir, le jeu des nuages s'inventant des formes pour retomber très vite dans le lac laiteux de la masse nébuleuse.

En fait, sa dispute avec Bertrade le chagrinait plus qu'il ne voulait le reconnaître. Il s'était surpris à rôder près de la maison de la jeune fille; mais il s'était bien gardé de manifester sa présence. Puis il s'était rendu sur la petite place, lieu habituel de leur rendez-vous. Point de Bertrade. Seuls quelques jeunes gens étaient là. Ils lui avaient proposé une partie de dés qu'il avait refusée. Le cœur n'y était pas.

Sur le chemin du retour donc, au coin d'une venelle, il fut brutalement bousculé par une personne vêtue d'une cape sombre dont la capuche cachait le visage. Il s'en fallut de peu que Symon se retrouve cul-terre dans le ruisseau nauséabond qui coulait au milieu de la serpente. Par pur réflexe, mais aussi parce que l'autre faisait mine de s'éloigner sans s'excuser, il l'agrippa par la manche du manteau. L'inconnu essaya de se débattre mais il n'était pas de taille à lutter avec Symon dont les muscles avaient forci grâce au rude entraînement du chantier.

« Alors, mon gaillard, où cours-tu si vite que tu ne t'excuses même pas de bousculer ainsi les honnêtes gens ? » demanda Symon d'une voix appuyée.

L'inconnu fit face au jeune homme. Lentement il fit basculer son capuchon vers l'arrière.

« Vous ! » ne put s'empêcher de s'exclamer Symon.

L'inconnu, ou plutôt l'inconnue, n'était autre que la demoiselle aperçue l'autre jour au chantier.

« Je m'appelle Emmeline, dit-elle d'une voix douce, et toi ?

— Sy... Symon, bredouilla-t-il. Mais que faites-vous là? osa-t-il questionner.

— J'aime la compagnie des humains. Ils sont plus vivants que les miens. Aussi m'arrive-t-il de me faufiler en secret parmi eux. »

Puis elle rabattit sa capuche sur son visage et commença à s'éloigner.

Symon était très troublé. Les immortels étaient sacrés et, en principe, nul ne devait leur parler sans y être invité. Mais Emmeline ne semblait pas s'en offusquer, aussi ne put-il s'empêcher de poser la question qui le tracassait tant.

« Pourquoi m'avez-vous regardé l'autre jour sur le chantier ? dit-il en haussant la voix.

— Parce que, jeune jouvenceau, j'aime que l'on me trouve belle, répondit-elle. Au fait, as-tu encore ma rose éternelle ? demanda-t-elle soudain d'un air malicieux.

— Oh oui ! » s'empressa d'assurer Symon.

Sur une pirouette, elle disparut au détour d'une maison. Le rire frais de la jeune fille résonna dans le dédale des ruelles bien après son passage.

Profondément troublé par cette rencontre, Symon se garda bien de raconter à quiconque son aventure.

TROISIEME PARTIE

Ce matin-là, tout le monde pouvait dormir tout son saoul. C'était le jour de la « montée des pierres ». Nul ouvrier ne travaillait ce jour-là. En réalité, les pierres n'étaient qu'une partie de ce que les servites montaient. Outre les matériaux nécessaires à l'édification de la cathédrale, les moines apportaient tout ce dont avaient besoin les villageois. Seuls les servites avec leur foi et leur sacrifice de l'ouïe et de la parole pouvaient traverser sans risque le territoire désormais entre les mains du Diable. Mais, en contrepartie, nul ne pouvait les approcher, ni les regarder. Ils avaient fait vœu d'abstinence envers le monde d'en haut. C'était la condition de leur rachat auprès de

Dieu. Personne d'ailleurs ne savait d'où ils venaient. Aucun homme du village n'avait jamais fait acte de candidature. On disait qu'ils étaient originaires de la Terre, d'un village de damnés et qu'en devenant servites, ils rachetaient leurs fautes.

Afin d'éviter tout contact avec la population et prévenir ainsi toutes les tentations, les gens d'armes du Seigneur fermaient à minuit les grandes portes qui séparaient le village de la cathédrale pour ne les rouvrir que le lendemain à la même heure. Pendant ce temps-là les servites montaient des étages inférieurs nourriture, cuir, étoffe, bois, pierre et mille autres choses encore. Certains disaient qu'ils avaient fait un pacte avec le Diable qui leur prêtait sa magie pour monter ces milliers de livres de matériaux. D'autres, plus prosaïques, constataient qu'ils apportaient ce qu'on leur demandait, mais avec un mois de retard. Décalage explicable par la hauteur de la cathédrale. Les servites devaient monter la plupart des choses à dos d'homme dans d'étroits escaliers et utiliser, pour ce qui était plus lourd, étape par étape, niveau par niveau, les différents palans que les hommes laissaient à chaque montée d'étage.

Les artisans et les maîtres compagnons dressaient une liste de leurs besoins. Les premiers payaient en sous et en livres selon un barème établi une fois pour toutes. Les dépenses concernant la cathédrale étaient directement réglées par le Seigneur. Charge aux commerçants de transformer les matières premières reçues en objets de nécessité qu'ils revendaient ensuite aux familles d'ouvriers, qui touchaient une fois par semaine leur solde. Symon, en tant qu'apprenti, touchait cinq sous et son père dix-huit. Ce n'était pas la fortune, mais cela permettait de vivre sans trop se priver.

Cette journée de repos forcé, Symon la mit à profit pour dessiner les motifs de son chapiteau qui, peu à peu, prenait forme. Par le dessin, il voulait s'imprégner des contours de la frise jusqu'à atteindre un automatisme qui lui servirait au moment de la sculpter. Son père passa son temps à la taille d'une cuillère de bois que lui réclamait depuis longtemps son épouse.

A un moment, il s'approcha de Symon et regarda longuement ses esquisses. Il ne fit aucune remarque, mais le garçon sentit bien que son père était plus fier de lui qu'il ne le laissait paraître. Jacquemin, sans un mot, monta brusquement sur la table, passa la main au-dessus de la grande poutre, celle qui traversait la pièce dans toute sa longueur. Visiblement il était à la recherche d'un objet.

Il finit par découvrir ce qu'il cherchait. Le père de Symon tenait un petit coffre de bois, décoré de clous arrondis disposés en étoile.

Jamais, jusqu'à maintenant, le jeune homme n'en avait soupçonné la présence. Jacquemin essuya consciencieusement la poussière qui n'avait pas manqué de s'accumuler sur le couvercle, qu'il souleva. Il retira de la boîte une série de parchemins et les étala en les lissant plusieurs fois du plat de la main. Sur chacun d'entre eux, il y avait un dessin. Symon reconnut tout de suite la marque familiale des tailleurs de pierre.

« Maintenant que tu sculptes la pierre, il est temps que je te transmette notre secret. Ce signe est notre marque. Elle est transmise de génération en génération. Le Père l'apprenant au Fils. Plus que pour reconnaître les pierres taillées par chacun, cette marque est la volonté de fixer son passage dans cette vie. C'est une sorte de communion avec la cathédrale. Un tatouage. Demain tu commenceras à façonner, à marquer de ton empreinte la pierre. J'espère que tu sauras être digne de cet honneur. »

Symon se sentait un peu gauche face au ton solennel que prenait son père. Il ne put qu'esquisser un pâle sourire.

« Tu vois, lui dit son père, notre marque

est un grand losange dans lequel on trace de chaque côté quatre lignes parallèles aux côtés. On obtient alors, à l'intérieur du plus grand, vingt-cinq petits losanges de même taille.

— Et ces points qui sont au milieu de chacun d'eux ? demanda Symon.

— J'y arrive, poursuivit son père. Chaque rond correspond à une génération de tailleurs de pierre... »

On sentait toute sa fierté d'appartenir à une lignée aussi grande d'une même corporation.

« ... Le premier de nos ancêtres à avoir inventé notre signe de reconnaissance a rempli le premier losange. Son fils a ajouté son cercle et ainsi de suite. Regarde, moi je suis ici et toi tu augmenteras la marque en posant ton point supplémentaire ici. Tu seras alors la dix-huitième génération.

— Combien de marques peut-on faire en tout ? demanda Symon.

— Vingt-cinq, dit Jacquemin. Tu vois, il reste de la marge. Plusieurs siècles encore. D'ici là, nous aurons rejoint Dieu. »

Symon vit qu'en bas du dessin se trouvait inscrit le nom de Herbert. C'était le nom de son grand-père qu'il n'avait jamais connu. Le jeune homme se mit à compter les différents ronds. Il en trouva seize, ce qui était normal puisque son père lui avait dit qu'il serait le dix-huitième tailleur de pierre de la famille.

Symon passa en revue les autres parchemins. Tous représentaient la même figure. Seul le nombre des points à l'intérieur des losanges différait. En bas de chacun d'eux étaient écrits des noms qu'il ne connaissait pas. En comptant le nombre de marques, il put au bout de longues minutes les remettre par ordre croissant. C'est ainsi qu'il trouva le signe le plus ancien. Il n'y avait que sept losanges remplis. Onze générations le séparaient de cet ancêtre ! Symon fit un rapide calcul : En comptant qu'un homme vivait aux alentours de soixante-dix ans, mais que deux générations de tailleurs de pierre se chevauchaient forcément, il décida qu'une marque signifiait à peu près cinquante ans, soit une montée d'étages. Donc ce parchemin datait de plus de cinq cents ans.

Finalement Jacquemin rangea avec soin les documents et les remit à leur place.

Ce soir-là, Symon s'endormit avec peine. Ses rêves étaient peuplés de marques... surtout de SA marque.

★

La journée du lendemain s'annonçait

rude. Tout le monde était sur le chantier bien avant l'heure, y compris Symon. Le parvis de la cathédrale était une véritable ruche où bourdonnaient la plupart des hommes du village. Avec des carrioles ou des brouettes, les artisans venaient chercher leurs marchandises. Il s'en trouvait toujours un pour ne pas être content de la qualité ou de la quantité de ce qu'il venait de recevoir. Il allait aussitôt se plaindre au religieux responsable de la répartition. Celui-ci jugeait si la plainte était recevable et promettait que le nécessaire serait fait lors du prochain arrivage.

Très vite une quantité d'objets, de matériaux, de nourriture s'amoncelait sur les chariots ou dans les bras des ouvriers et apprentis. Cette belle pagaille s'installa pour la matinée. Ensuite, chacun repartit vers son lieu de travail, conscient des nouvelles tâches à accomplir.

La plupart des blocs venaient de la récupération d'anciennes bâtisses et d'anciennes églises. Les servites enlevaient leur patine en les brossant ou les martelant à l'aide de pics à main. Les pierres devaient paraître neuves, blanches, comme la lumière de Dieu. Seul, quelquefois, leur épannage attestait d'une utilisation primaire. D'ailleurs, cela faisait souvent gagner du temps pour la construction des étages.

La tâche de Jacquemin consistait à sélectionner le plus rapidement possible les carreaux de pierre et à les répartir suivant leur qualité et leur possible réutilisation. Les hommes, à l'aide de rondins et de pinces de fer, les emportaient aussitôt vers le chantier.

La journée se passa à effectuer le tri. Symon n'eut pas le temps de se consacrer à la taille de son chapiteau. Comme les autres ouvriers, il était exténué par les efforts qu'il avait dû fournir tout au long du jour. A vêpres, il partit sans demander son reste, content de pouvoir souffler enfin. Son père lui dit qu'il les rejoindrait, sa mère et lui, très bientôt. Il devait inscrire toutes les pierres sur un registre afin de pouvoir dès le lendemain en rendre compte auprès de Maître Guérin.

Symon profita de l'aubaine pour aller à la maison de Bertrade. Il siffla doucement plusieurs fois. Au bout de quelques instants, il vit la jeune fille sortir avec un seau et se diriger vers la grande citerne de bois. Il passa derrière la maison du charpentier et l'attendit, caché, dans l'encoignure d'une porte. Dès qu'elle passa devant lui, il l'attrapa par la taille et dit :

« Hé, mignonne, savez-vous qu'il est dangereux de se promener seule? Vous pourriez bien rencontrer quelque faune en mal d'amour. »

Bertrade éclata de rire et se retourna.

« Oh ! Symon », dit-elle en laissant tomber son seau. Elle lui passa ses bras autour du cou. « Je savais bien que c'était toi qui avais sifflé. J'ai dit à ma mère que j'allais chercher de l'eau. Elle n'a rien répondu. Alors, je suis sortie. »

Ils s'embrassèrent longuement.

« Dès que je ne serai plus apprenti et que je serai capable de faire vivre convenablement une famille, j'irai voir ton père pour lui demander ta main.

— Mais qui te dit que la principale intéressée, c'est-à-dire moi, ait envie de devenir la femme d'un simple tailleur de pierre? répondit Bertrade avec un brin de malice dans les yeux.

— Préférerais-tu épouser un servite? lui répondit Symon.

— Ne recommence pas avec cela ! » dit-elle.

Ils éclatèrent de rire tous les deux.

« Dépêche-toi de remplir mon seau. Il faut que je rentre, sinon ma mère va se douter de quelque chose. »

★

Symon, tout joyeux, prit tranquillement le chemin de la maison. Au détour d'une ruelle, il se sentit agrippé par une poigne solide qui l'entraîna dans un recoin. En se retournant vivement, il reconnut le père Joseph.

« Mais qu'est-ce qui se passe ?

— Chut ! Viens, suis-moi », dit l'abbé.

Au bout de quelques instants de marche silencieuse, le père Joseph l'invita à rentrer dans une resserre où l'on entreposait du bois de chauffe.

« Pourquoi tous ces mystères ? demanda Symon, un peu inquiet.

— Je voulais te parler sans que l'on nous voie, dit le père Joseph.

— Je vous écoute.

— Tu n'es pas sans savoir que dans notre petite communauté tout finit par se répéter. Or, il m'est revenu aux oreilles que depuis quelque temps, tu posais d'étranges questions qui en embarrassaient plus d'un. Tu es conscient, j'espère, qu'il y a des sujets qu'il vaut mieux ne pas aborder avec tout le monde. »

Symon acquiesça sans broncher.

« Tu sais aussi, poursuivit le prêtre, que l'Église et par conséquent le Seigneur, chef de l'Église en ce monde, n'apprécient guère ce genre de débat.

— Je sais parfaitement tout ce que vous venez de me dire, dit Symon, mais c'est une soif impérieuse de savoir qui me fait commettre ces imprudences. J'ai dans la tête une foule de questions auxquelles personne ne peut ou ne veut répondre. Par exemple, il faut bien que des gens vivent sur la Terre pour nous alimenter en nourriture, eau et matériels de construction. Sont-ils tous des damnés? Je n'arrive pas à y croire. Je pense même qu'ils sont plus heureux que nous qui sommes définitivement cloîtrés dans cette tour de pierres.

— Moi aussi, à ton âge, une multitude d'interrogations m'empêchaient de dormir. C'est vrai, il existe beaucoup de questions sans réponse. L'Église tient à ce que les choses soient ainsi. Il faut l'accepter et être conscient de l'importance de la mission que Dieu nous a confiée. Rends-toi compte : aller le rejoindre. Cela ne mérite-il pas quelques sacrifices ? Les autres en bas sont peut-être heureux, mais quelle impuissance doivent-ils ressentir face à notre cathédrale qui est si haute qu'ils n'en ont jamais vu le sommet !

— Mais le Diable ?

— Une chose est sûre, il aime les ténèbres

et là-dessous, il doit faire bigrement sombre. Les hommes de la Terre sont sans doute sauvés grâce à la faible lumière qui perce des nuages. »

Le père Joseph posa sa main sur l'épaule du jeune homme.

« Ne te pose pas tant de questions, pour la tranquillité de tous et surtout pour ton bien. C'est parce que je suis ton ami que j'ai voulu arrêter ce jeu dangereux auquel tu jouais depuis quelque temps.

— Je sais que vous êtes mon ami. Et je vous remercie de vos bons conseils, dit Symon.

— Si, par moments, des questions te tracassent trop, n'hésite pas à m'en parler. Je ne te promets pas de répondre à toutes, mais la discussion sera ouverte. Maintenant, va rejoindre les tiens. »

Symon, sur le chemin du retour, ne savait trop que penser de l'entretien qu'il venait d'avoir avec le père Joseph. Il n'avait pas l'impression de fauter en posant des questions qu'il trouvait anodines. Il prenait de plus en plus conscience de vivre dans un vase clos. Il supportait mal cette vie statique où depuis des générations, les fils faisaient le même métier que leur père, où la liberté de penser différemment était signe d'hérésie. Seul son amour pour Bertrade lui faisait accepter tout ça. Mais pour combien de temps ?

★

« Mais que fait-il ? demanda une nouvelle fois la mère de Symon, parlant de son époux. Ce n'est pas dans ses habitudes de traîner le soir.

— Père m'a dit qu'il avait du travail et qu'il rentrerait plus tard. Peut-être est-il avec maître Guérin ? »

Sa mère, à moitié convaincue, retourna près de la cheminée. Elle souleva le couvercle de la marmite, suspendue à une crémaillère, puis remua la soupe avec sa nouvelle cuillère de bois.

« Si cela continue, ma soupe ne sera plus bonne. »

Le raclement de la porte d'entrée annonça enfin l'arrivée de Jacquemin. Sans un mot et sans un regard pour les siens, il s'assit lourdement sur le banc de la cuisine.

Symon et sa mère sentirent tout de suite que quelque chose n'allait pas. N'osant rien dire, le jeune homme se mit à table tandis que sa mère commençait à servir la soupe.

« Que se passe-t-il ? demanda-t-elle.

— Rien ! » dit Jacquemin, d'un ton assez brusque.

La fin du repas se passa dans le silence le plus complet. Aussitôt après, le père se leva pour aller directement au lit. Symon et sa mère, ne sachant que faire, se couchèrent eux aussi.

★

Symon eut du mal à trouver le sommeil. Le comportement de son père n'était pas ordinaire. Quelque chose de grave avait dû se passer. Le jeune homme ressassait également les propos que lui avait tenus le père Joseph. Il espérait d'ailleurs qu'il n'y avait aucune relation entre les deux événements. Il se pouvait que les prêtres aient parlé de son attitude tendancieuse à son père. Plusieurs fois dans la nuit, Symon entendit son père se tourner et se retourner sur sa paillasse. Lui non plus ne pouvait dormir.

Au petit jour, un bruit furtif réveilla Symon qui s'était assoupi enfin. Dans la pénombre, il vit son père qui se levait, le plus silencieusement possible afin de ne pas réveiller sa femme. Jacquemin se dirigea ensuite vers l'endroit où dormait Symon, se pencha quelques instants sur son fils pour s'assurer de son sommeil. Le jeune homme s'efforça d'avoir une respiration régulière. Puis Jacquemin s'habilla, enfila ses chausses, son manteau et sortit. Symon décida de le suivre. En toute hâte, il se vêtit. Il tira la porte, en la soulevant afin qu'elle ne racle pas le sol. Le jeune homme se dirigea aussitôt vers le chantier. C'était sans doute l'endroit où devait se rendre son père. Se déplaçant le plus rapidement possible et en silence, Symon rasait les murs. Il traversa ensuite le parvis de la cathédrale pour se diriger vers l'escalier qui menait à l'étage en construction. Tout doucement, il gravit une à une les marches, en prenant garde de ne pas tomber car il faisait encore sombre. En haut de l'escalier, il aperçut soudain la silhouette massive de son père qui se découpait dans les premières lueurs du matin. Il se trouvait à l'endroit où les ouvriers avaient entassé, une fois triées, les pierres reçues la veille. A la lueur d'une lanterne, Jacquemin examinait avec attention chaque bloc de pierre sur toutes les faces. Symon se faufila le long de la loge. Il s'accroupit afin de ne pas être vu par son père. Celui-ci, courbé, continuait d'avancer de pierre en pierre. Soudain, il s'arrêta devant un carreau. Il approcha au maximum la lanterne de la pierre. Symon vit son père se coucher sur le côté et inspecter quelque chose sur la tranche du bloc de pierre. Aussitôt après, il se dirigea vers la loge. Symon n'eut que le temps de redescendre vers les premières marches de l'escalier. Quelques instants plus tard, Jacquemin ressortit, tenant à la main une louve, sorte de pince en fer qui permettait de soulever de lourdes charges. Le père de Symon entreprit de tirer comme il pouvait cette lourde pierre vers un coin isolé du chantier. Ce travail lui prit plusieurs minutes. Mais il arriva à ses fins. Ensuite, il cacha la pierre en posant debout, appuyés contre la muraille, un bon paquet de rondins et de perches qui servaient pour les échafaudages et dont il savait qu'ils ne seraient pas utilisés avant longtemps.

Symon jugea inutile de s'attarder. Son père allait certainement retourner à la maison et faire comme si de rien n'était.

En effet, quelques minutes après qu'il se fut recouché, Symon entendit son père revenir. Il le vit s'asseoir à la table après s'être servi une large rasade de vin et l'écouta murmurer : « Mais comment est-ce possible ? » Pendant plusieurs minutes, il resta dans un état de prostration. Enfin, il sembla revenir à la réalité. Il se leva et commença à ranimer le feu dans la cheminée. Ce serait bientôt l'heure d'aller au travail.

★

Symon, sur le chantier, retrouva son père comme si rien ne s'était passé. Jacquemin, une fois l'office du père Joseph terminé, donna ses ordres pour le début de journée. A la dérobée, Symon le surveillait. Il semblait moins tendu que la veille mais paraissait avoir vieilli en quelques heures. Une sorte de lassitude se lisait sur son visage ridé par le soleil. Ses tempes grisonnantes donnaient l'impression d'être plus blanches. Symon trouva qu'il était ridicule de penser cela. C'était certainement la nuit qu'il venait de passer qui était la cause de cet état. Lui-même n'était guère reposé et il devait avoir piètre figure.

Comme à son habitude, une fois le travail distribué, Jacquemin monta en haut des échafaudages. Il aimait se rendre compte de la pose définitive des pierres que les tailleurs façonnaient. Les maçons installaient des morceaux de bois dans ce qu'on appelait des trous de boulins. Ils posaient ensuite des planches épaisses par-dessus. Personne sur le chantier ne connaissait le vertige. Il faut dire que des générations d'ouvriers avaient forgé le caractère de ces hommes. C'est en véritable acrobate que Jacquemin grimpa en quelques minutes tout au faîte de l'édifice. C'est là que les mortelliers montaient sur l'épaule les auges de mortier qui servaient à cimenter les pierres tandis que des manœuvres tiraient sur la corde d'une louve pour monter les blocs de pierre. Plus loin, les charpentiers étaient en train de faire un coffrage entre deux ogives que les maçons tapisseraient de petites pierres rectangulaires.

Le père de Symon arriva près d'un groupe de maçons qui montaient les derniers éléments d'un pilier. Il vérifia que l'ordre des pierres avait bien été respecté. Il fallait que les blocs joignent le mieux possible, assurant ainsi la stabilité indispensable. Il continua à inspecter le chantier d'échafaudages en échelles, d'ogives en murailles, de maçons en manœuvres. Jacquemin était respecté pour la justesse de ses réflexions et nul ne contestait ses décisions. C'était pour cela qu'il était devenu le bras droit de l'architecte qui, il faut dire, commençait à vieillir, et hésitait désormais à grimper en haut de la cathédrale.

Symon sortit de la loge un seau à la main. Il allait chercher de l'eau pour arroser le parterre avant de le balayer. C'était une précaution à prendre plusieurs fois par jour afin de ne pas suffoquer à cause de la poussière de taille. Ce genre de corvée revenait au plus jeune, lui, en l'occurrence. Il se dirigea vers le milieu du chantier. Machi-

nalement, il leva la tête pour voir où se trouvait son père. Il le vit qui s'apprêtait à descendre d'une échelle. Son tour d'inspection se terminait. Tout à coup, Symon le vit porter ses deux mains à la tête, demeurer quelques instants en équilibre puis basculer dans le vide en poussant un cri.

Symon, interdit, laissa tomber son seau et courut vers la balustrade qui donnait sur le vide.

« Père ! » hurla-t-il.

Une véritable torpeur s'empara du chantier. Tous les ouvriers arrêtèrent de travailler. Un à un, ils descendirent des échafaudages. Les autres posèrent les outils et sortirent des loges. Déjà, les gens du village arrivaient pour voir ce qui se passait.

Au bout de quelques instants, chacun y allait de son commentaire.

« Sûr que c'est un malaise qui l'a pris, dit l'un des ouvriers. Je l'ai vu porter ses mains à la tête puis il est tombé.

— Peut-être s'est-il cogné et qu'étourdi, il a perdu l'équilibre », surenchérit un autre.

Thomas et Vincent emmenèrent Symon chez lui. Lorsqu'ils arrivèrent, ils constatèrent que maître Guérin les avait devancés. Sa mère pleurait en silence, assise au coin de la table.

« Symon, dit maître Guérin, c'est un

terrible malheur qui vient de vous frapper. Ton père était un homme remarquable et sa perte sera irremplaçable. J'intercéderai auprès du Seigneur afin qu'il vous attribue une petite rente qui vous mettra à l'abri du besoin. »

Symon acquiesça en silence tandis que sa mère remerciait l'architecte.

Sur ces entrefaites, le père Joseph arriva. Maître Guérin et les amis de Symon en profitèrent pour se retirer. Comme les autres habitants du village, ils allaient se préparer pour la messe. Une tradition, remontant à on ne savait quand, voulait qu'en cas d'accident de ce genre, une messe fût presque dite immédiatement, afin de sauver l'âme du défunt de la noirceur de la Terre.

Les cloches annoncèrent le début de la cérémonie.

Le père Joseph prit la mère de Symon par les épaules et lui dit :

« Venez, il est temps. »

★

Après la célébration, Symon ne put revenir chez lui. Accablé de chagrin, il décida d'aller sur le chantier.

Assis au milieu des blocs de pierre, il put

laisser libre cours à sa peine, pleurant sans retenue. A chaque instant, il pensait voir son père, là, parmi les auges à mortier, les billes de bois, les carreaux à épanner. Symon ferma les yeux et se mit à caresser la roche sur laquelle il était assis. Combien de fois son père avait fait ce geste qui soutirait toutes les caractéristiques de la pierre. Le jeune homme avait un peu honte de ne pas aimer la cathédrale. Son père, lui, s'était investi à fond dans cette entreprise qui consistait à s'élever pour rejoindre Dieu. C'était peut-être à cause de ce travail, si prenant, que le dialogue entre eux deux n'était guère passé.

Les yeux encore embrumés de larmes, il grimpa les échafaudages. Sans bien s'en rendre compte, Symon se retrouva sur les planches où s'était tenu pour la dernière fois son père. Il s'assit alors, les jambes pendantes dans le vide. Le temps semblait s'être à jamais arrêté cet après-midi.

« Symon ! » cria une voix.

Le jeune homme regarda tout en bas. Il vit Bertrade, toute petite, qui lui faisait des signes.

« Symon, descends, je t'en prie », lui criait-elle.

Lentement, le jeune homme se releva et se prépara à redescendre les échafaudages.

C'est à ce moment-là qu'il remarqua quelque chose de noir, coincé entre le joint imparfait des deux planches qui composaient le niveau. Avec précaution, il ramassa la chose. Il s'agissait d'une petite bille noire d'acier. Interdit, il la fit rouler dans le creux de sa main. Un nouvel appel de Bertrade le ramena à la réalité. Quatre à quatre, au risque de se rompre le cou, il redescendit les niveaux de l'échafaudage.

« Qu'est-ce que tu faisais là-haut ? demanda la jeune fille inquiète.

— Regarde ça. Et dis-moi ce que c'est ! lui lança Symon d'un ton assez brutal.

— C'est une bille d'acier dont se servent les gens d'armes du Seigneur pour leur fronde », lui répondit sans hésiter Bertrade.

Le jeune homme hocha plusieurs fois la tête pour lui signifier qu'elle était dans le vrai.

« Je viens de la trouver là-haut à l'endroit même où était mon père avant qu'il ne tombe.

— Peut-être y était-elle depuis longtemps ? dit Bertrade.

— J'ai vu mon père porter les mains à sa tête avant de tomber. Comme s'il venait d'être touché par quelque chose. Tu comprends maintenant ?

— Mais pourquoi aurait-on voulu tuer ton père ? répondit la jeune fille horrifiée.

— Peut-être avait-il découvert certains secrets que le Seigneur ou l'Église ne tient pas à voir se répandre ? supposa Symon.

— C'est très grave ce que tu prétends là, estima Bertrade.

— Ne parle de tout cela à personne. J'aurais mieux fait de ne rien te dire. Ces monstres n'hésiteraient pas une seconde à nous tuer s'ils savaient ce que je tiens dans la main. Promets-moi de te taire !

— Je te le jure, dit Bertrade. Mais toi, que vas-tu faire?

— Ne t'inquiète pas. Allez, viens ! Ne restons pas là. »

★

Pour Symon, le malheur était trop grand. Ses idées se bousculaient sans cesse dans sa tête. Il n'arrivait plus à comprendre quoi que ce soit.

Finalement, il avait préféré retourner au travail dès le lendemain du drame. Les compagnons, pleins de sollicitude à son égard, avaient compris son besoin de se replonger dans l'atmosphère laborieuse du chantier. Ainsi, il était plus proche de son père et pouvait oublier sa peine en s'abrutissant de travail.

Le soir, à son retour, sa mère l'attendait au coin de la cheminée. Tous deux avaient mangé en silence, sans appétit, puis s'étaient couchés. Plusieurs fois, dans la nuit, il avait entendu sa mère pleurer. De fatigue et de chagrin, elle finit tout de même par s'assoupir. Symon attendit encore quelques minutes avant de se lever tout doucement. Dans le noir, il s'habilla, puis, à tâtons, sortit.

Un vent assez fort soufflait lorsqu'il arriva sur le parvis de la cathédrale. Le jeune homme frissonna car, dans sa hâte, il ne s'était guère couvert. Sans bruit, il grimpa l'escalier qui le menait au chantier. Tout à coup, il entendit des bruits de voix étouffées. Aussitôt, il se plaqua le long de la muraille puis se cacha derrière un tas de bois. De là, il put observer ce qu'il se passait. A la lueur de lanternes aveuglées sur trois côtés pour que la lumière ne jaillisse que dans une direction, des hommes examinaient toutes les pierres. Le cœur de Symon frappait fort dans sa poitrine. Il avait reconnu les gens d'armes du Seigneur. Le jeune homme en était sûr ; ils recherchaient la pierre qu'avait cachée son père.

« Alors, vous trouvez quelque chose ? demanda l'un des soldats à voix basse.

— Rien, répondit un autre.

— Le Seigneur dit qu'il faut qu'on lui ramène toutes les pierres qui sont marquées de losanges. Mais on n'en trouve aucune, dit un troisième.

— Peut-être que le tailleur de pierre les a cachées ? » reprit le premier.

Symon, de peur d'être surpris, redescendit tout doucement l'escalier. Ce fut tout essoufflé qu'il rejoignit sa demeure. Le jeune homme se promit de découvrir la vérité dès le lendemain soir.

★

Tout semblait calme ce soir-là. Symon avançait avec précaution. Heureusement un léger clair de lune apportait assez de lumière pour qu'il puisse se déplacer sans lanterne. Il arriva finalement près de la loge des tailleurs de pierre. Il se faufila derrière le tas de bois entassé par son père. La pierre était là ! Les soldats du Seigneur ne l'avaient pas trouvée. Le jeune homme n'osait pas allumer sa chandelle de peur que quelqu'un ne le vît. Alors, il se souvint de ce que lui avait appris son père. Il ferma les yeux et toucha la pierre. Ses doigts caressèrent la roche. Ils parcoururent chaque pouce, chaque grain des parois, et finirent par découvrir sur le côté gauche ce que Symon cherchait. Une marque ! Ses doigts trouvèrent une ligne de biais qu'ils suivirent jusqu'à ce qu'elle en croise une autre. Symon reconnut bien vite un contour familier. C'était leur marque qui était là, gravée dans la pierre !

Le jeune homme n'osait y croire. Comment se faisait-il qu'une pierre marquée à leur signe ait été ramenée par les servites. Fébrilement, avec son index, il compta les points dans les losanges. Son décompte s'arrêta vite. Il n'y avait que trois points ! Symon fit un rapide calcul mental : Quinze générations séparaient cette marque de la sienne. Cette pierre avait donc été taillée, il y avait à peu près huit cents ans ! Elle appartenait fatalement à la cathédrale !

Voilà ce qu'avait découvert son père, voilà ce qui l'avait tué. Deux larmes se mirent à couler le long de ses joues. Ces « crachats du Diable » qu'étaient les servites ne descendaient pas jusqu'en bas, ils récupéraient tout ce qu'ils pouvaient, s'évitant ainsi bien de la peine. C'est pour cela que l'Église interdisait aux villageois la descente vers les étages inférieurs. Pour que l'on ne vît pas ce triste pillage. Ils se moquaient de tout le monde. Seule la montée les intéressait.

Symon mit de longues minutes à admettre tout ce qu'il venait de découvrir. Il prit conscience que cela était trop fort pour lui. Il ne pouvait pas le faire savoir au village : les gens n'étaient pas prêts.

Tout du moins pas encore !

QUATRIEME PARTIE

La montée d'étage battait son plein. Depuis quelques jours, les charpentiers avaient terminé les habitations. La plupart d'entre elles ressemblaient comme des sœurs jumelles à celles de l'étage inférieur. A de rares exceptions près, les gens habitaient au même endroit. Pour changer de place, il fallait permuter avec une autre famille.

Les prêtres étaient venus bénir ce nouveau village, en une belle cérémonie. Une réelle émotion se lisait sur les visages. La montée d'étage était l'aboutissement d'années d'efforts mais aussi un moment religieux important. Symbole d'une nouvelle marche gravie à la rencontre de Dieu.

Le lendemain commença une jolie

pagaille. Les villageois se mirent, tous en même temps, à déménager leur habitation et monter leurs effets dans la nouvelle demeure. Le résultat fut un bel encombrement aux pieds des deux seuls escaliers qui accédaient à l'étage supérieur. Il fallut l'autorité conjuguée de maître Guérin et de l'évêque pour rétablir l'ordre. Le déménagement se fit alors en un ordre précis. L'architecte désigna une à une les maisons qui pouvaient être vidées. Tous les ouvriers du chantier étaient d'ailleurs mobilisés afin de donner la main aux artisans et de leur permettre de déménager leur propre maison. Le plus long et le plus dur fut le transport de ce que contenaient les échoppes des artisans. Démonter et grimper la forge de Pierre n'était pas une mince entreprise.

Ce travail harassant dura pendant plusieurs jours. Quand vint le tour de la maison de Symon, les choses ne traînèrent pas. Sa mère avait depuis longtemps rassemblé leur peu d'affaires dans divers balluchons. Une journée suffit à tout emporter. Les compagnons et les amis de Symon avaient aidé au transport des meubles. Le soir même, ils étaient installés dans leur nouvelle maison. La mère de Symon se mit alors à pleurer en pensant à Jacquemin qui ne connaîtrait jamais cette demeure maintenant trop grande pour eux deux.

Une fois que tout le monde eut pris possession de ses nouveaux appartements, les ouvriers se mirent à démolir l'ancien village. Le bois, principal élément de construction des habitations, était précieux et resservirait. Ce fut très vite un spectacle pour les villageois de venir voir se désosser ce qui avait été leur « chez-eux » pendant des dizaines d'années. Pour beaucoup, c'était avec un pincement au cœur qu'ils voyaient disparaître ces baraquements. Ils entraînaient dans leur retour au néant une foule de souvenirs. Pour l'ensemble des villageois c'était leur lieu de naissance. L'étage supérieur serait celui où ils mourraient. Subitement, la nostalgie et une certaine tristesse avaient remplacé la joie et l'effervescence du début.

Symon n'éprouvait aucun sentiment particulier à ce changement de décor. Les événements de la semaine précédente avaient modifié son caractère. En peu de temps, il était devenu plus solitaire, plus adulte. Il s'était éloigné des autres jeunes dont il trouvait, maintenant, les occupations puériles et futiles. Seule Bertrade lui importait. Souvent, ils se rencontraient en cachette. La jeune fille faisait de son mieux pour le dérider. Elle devinait que le jeune homme portait un poids immense sur le cœur. Bertrade n'avait jamais osé aborder la mort de Jacquemin. Symon, depuis son discours à la cathédrale, n'en avait plus jamais reparlé. Ce jour-là, pensait-elle, sa peine lui avait fait tenir des propos qui dépassaient ses pensées. Elle espérait que la grande fête de la montée d'étages lui redonnerait du baume au cœur.

« Demain tu viendras à la fête ? interrogea-t-elle.

— Oui, bien obligé », répondit le jeune homme.

La fête commençait le samedi et durerait jusqu'au dimanche soir. Elle débuterait par une grand-messe dans la nouvelle nef de la cathédrale. Tout le monde y participerait, même le Seigneur. Puis les festivités commenceraient. Des danses, des jeux, un gigantesque banquet auraient lieu.

« En quoi te déguiseras-tu ? demanda la jeune fille.

— En ce que je suis », dit sombrement Symon.

La jeune fille fut déçue, mais n'en laissa rien paraître.

« Eh bien, moi, tu ne sauras pas, c'est une surprise », dit Bertrade.

★

Le ciel, ce matin-là, affichait une clarté limpide. Ce serait une belle journée. Dès l'aurore, bon nombre de villageois étaient déjà affairés. La veille, les charpentiers avaient installé sur des tréteaux de très longues tables. La plus grande était face à la nef. Un auvent de toile rouge avait été dressé afin de protéger les convives du soleil. De hautes chaises avaient été mises d'un côté. Ce serait cette table qui accueillerait le Seigneur, sa cour et les notables. Face à elle, disposées à angle droit, des rangées de simples bancs devaient accueillir les gens du village. Des femmes commençaient à dresser la table du Seigneur. Elles avaient étendu une longue nappe de lin sur laquelle elles avaient ordonné un chemin de table fait de lys et de roses. Des mitrons avaient amené dans un coin de la place de lourdes pierres posées en un large carré. Là, ils avaient dressé d'énormes tournebroches. Depuis le milieu de la nuit, une équipe s'était relayée afin de faire brûler de grosses bûches de bois qui, à cette heure, formaient un bon lit de braises, idéal pour la cuisson des viandes. A plusieurs, ils avaient préparé deux cochons et des agneaux qui déjà tournaient lentement au-dessus du feu.

En plus des cuisiniers du château, chaque ménagère avait tenu à mettre la main à la pâte. Chacune avait voulu montrer ce dont elle était capable. C'était dans le secret le plus total que les femmes du village, certaines depuis la veille, mitonnaient leurs petits plats.

Tout le monde se retrouva, dans ses plus beaux habits, sur les bancs de la cathédrale. L'action de grâces à Dieu se déroula en présence du Seigneur et de toute la cour, vêtus de merveilleuses toilettes. Les villageois, les yeux ébahis, ne pouvaient se détacher de cette débauche de soieries, de larges cols plissés et brodés d'or. Même les soldats avaient revêtu leur tenue d'apparat.

Le cérémonial de cette messe spéciale datait de temps immémoriaux. Tout était axé sur la joie et la gloire de Dieu. L'évêque coiffé de sa mitre et portant la crosse épiscopale monta en chaire. Un silence s'établit.

« Mes sœurs, mes frères, vous qui êtes rassemblés ici, sachez qu'aujourd'hui est un grand jour. Pour vous, tout d'abord, car cette cérémonie est l'aboutissement de nombreuses années de travail. Travail acharné de la part de tous les compagnons, dont certains ont payé de leur vie leur attachement à cette entreprise. Plus qu'une tâche répétitive, c'est un véritable travail d'art qu'ont tenu à faire tous les ouvriers, prouvant si besoin en était tout l'amour qu'ils portent à Dieu. Travail acharné aussi de la part de tous les villageois, artisans, façonniers sans qui la bonne marche du chantier serait impossible. Enfin n'oublions pas toutes les mères qui, de par la bonne tenue des besognes quotidiennes et l'éducation des enfants, dans le respect de Dieu, ont aussi contribué de façon active à l'élévation de notre communauté... »

Symon regarda avec une haine contenue le Seigneur qui, par instants, hochait la tête, approuvant un discours qu'il trouvait, lui, complètement artificiel, loin d'une réalité sous-jacente.

« ... Mais le plus important de cette journée, continua l'évêque, c'est son symbolisme. Aujourd'hui est un nouveau pas vers Dieu. Lentement, mais à coup sûr, nous nous rapprochons de la Lumière totale, celle qui nous éclairera pendant l'éternité. Un jour, nos fils seront fiers de notre travail, puisque ce sera grâce à nous qu'ils auront pu rejoindre Dieu. Gloire à la Lumière, gloire à Dieu ! »

Un joyeux brouhaha accueillit ce sermon. Symon, triste, vit l'espoir qui se peignait sur les visages de ses congénères. En quelques mots, toutes les peines et les malheurs qui accompagnaient la construction de cette cathédrale étaient oubliés, gommés.

Le Seigneur se leva. Aussitôt tout le monde fit de même.

« Pour sceller cet événement exceptionnel dans le cœur de chacun, rien ne vaut un beau festin. Que la fête commence ! »

★

Le festin débuta par les viandes.

L'arrivée de chaque plat fut ponctuée de cris de surprise et d'applaudissements. Chaque volaille était disposée sur un plat d'argent, ailes déployées. La garniture était composée de gros raisins longuement macérés dans de l'eau-de-vie. Faisans, cygnes, paons, cailles mais aussi chapons se trouvaient au menu. La plupart des villageois ne connaissaient même pas le nom de chaque oiseau, sinon par les dires des anciens qui à maintes reprises avaient raconté l'ancienne montée d'étage. « Même que l'on pensait qu'ils racontaient n'importe quoi pour se rendre intéressants. »

Puis vinrent le tour des plus gros gibiers, chevreuils et sangliers. Les gens ne pouvaient pas croire ce qu'ils vivaient. C'était pour eux un véritable conte de fées.

Chaque plat était proposé en premier au Seigneur et à sa cour, puis aux prélats. Finalement, ce qui restait arrivait sur les autres tables. Les cochons et les agneaux grillés à la broche furent directement servis aux villageois.

De l'endroit où il était attablé, Symon était trop loin pour reconnaître Emmeline qui pourtant devait se tenir à la table du Seigneur. Par contre, trois rangées plus loin, il aperçut Bertrade, sagement assise à côté de ses parents. Il n'osa pas lui adresser un signe. Sa mère et lui sortaient à peine du deuil.

Entre chaque service, les bateleurs de la cour firent démonstrations de leurs talents. Jongleurs, danseurs, contorsionnistes rivalisèrent d'habileté.

Nombreux furent les pichets de vin qui allèrent se remplir auprès des tonneaux mis en perce en plusieurs endroits autour des tables. Le soleil aidant, les esprits s'échauffèrent vite et une ambiance de kermesse s'installa pour un bon moment.

Les vêpres avaient sonné depuis longtemps que le repas n'était pas encore achevé. Du miel, des fruits confits, des oublies, du fromage, du pain d'épice vinrent compléter un repas déjà copieux. Les enfants, qui avaient vite déserté les bancs, couraient en tous sens, chahutant, heureux d'échapper à la surveillance des parents. Les hommes, bien repus et plus ou moins ivres, s'installaient dans des poses affalées qui en disaient long sur leur orgie alimentaire. Les femmes se regroupaient par affinités et discutaient de mille choses relatives au repas, s'éventant de temps à autre avec le col de leur robe. De belles couleurs s'affichaient aussi sur leurs joues.

A la nuit tombante, on amena bon nombre de torches et de lampions que l'on fixa à hauteur. Les tables avaient été repoussées d'un côté de la place. Pour les insatiables, une soupe fut servie. Vin et pâtisseries restèrent à volonté sur les nappes maculées de taches, témoins du repas homérique.

Pendant ce temps, les jeunes s'étaient éclipsés pour aller se déguiser. Mères, filles et sœurs avaient depuis des jours fignolé de somptueux costumes tandis que les hommes avaient sculpté des masques aux étranges figures.

Au son des vielles, des luths et des flûtes, ils réapparurent tout d'un coup. Une foule bigarrée sortit des ruelles telle une meute hurlante. Bien vite la danse prit le pas. Les anciens s'assirent sur les bancs et regardèrent avec nostalgie cette joyeuse sarabande. Sous les yeux du Seigneur amusé, plusieurs nobles ne dédaignèrent pas de se joindre à la foule pour exécuter quelques pas de danse.

★

Symon, après avoir un moment regardé les danseurs en espérant y reconnaître Bertrade, se retira à l'écart de la fête. Accoudé à un parapet, il se laissa bercer par les échos de la musique, renvoyés par les voussures et les ébrasements. Il regardait voler les chauves-souris effarouchées par ce vacarme inhabituel.

Plusieurs fois, sa mère l'avait conjuré de s'amuser. Mais son esprit était ailleurs. Il avait de plus en plus de mal à supporter cette vie de cloîtré qu'imposait la construction de la cathédrale. Cette existence lui semblait absurde, sans autre avenir que celui de monter toujours plus haut, sans fin. Certes, il aimait le travail qu'il faisait. Après la mort de son père, il y avait déjà un mois de cela, il s'était lancé à fond dans la taille de son chapiteau. De l'avis des compagnons sculpteurs, il était très doué. Il avait de fortes chances de devenir maître en l'art de modeler la pierre. Créer un modèle, laisser libre cours à son imagination était ce qu'il trouvait de plus humain. Construire pour monter ou monter pour construire, il avait le sentiment profond que tout cela était imposé à l'Homme. Mais peut-être était-ce le prix à payer pour atteindre la félicité ?

Perdu dans ses contradictions et ses interrogations, il ne s'aperçut pas tout de suite qu'il avait quelqu'un à côté de lui. Il se retourna et vit trois hommes masqués.

« Alors, mon mignon, on boude ? »

Malgré son déguisement aux couleurs vives et son masque en bois représentant la tête d'un aigle, Symon reconnut tout de suite Garnier, un des soldats du Seigneur. Un personnage de sinistre réputation, qu'on disait coureur de jupons et querelleur. Les deux autres devaient aussi être à la solde du Maître.

« Monsieur n'a plus de langue, continua Garnier.

— Retournez donc cuver votre vin, là-bas près des tonneaux », répondit Symon.

Garnier empoigna le jeune homme par la chemise. Son haleine empestait l'alcool. A travers ses chicots noirs, il éructa :

« Pour qui se prend-il, ce petit morveux ? Déjà que le père était un fouille-merde, celui-ci se croit le Maître !

— Laissez mon père tranquille, sou-

dards ! protesta Symon en se dégageant de l'emprise du soldat.

— Pour sûr qu'il est bien où il est, ton père », ricana Garnier.

Les deux autres masques gloussèrent bruyamment.

« Il a peut-être appris à voler ? dit l'un d'eux.

— En tout cas, en bas il ne doit pas en rester lourd, reprit l'autre.

— Ecoute-moi bien, poursuivit Garnier, les curieux, nous on n'aime pas ça. Ton père a mis son nez là où il ne fallait pas. Dommage pour lui ! Et toi, on m'a rapporté que tu posais des questions qui ne plaisent guère. Qu'est-ce que tu dirais d'aller rejoindre ton père ? »

Les trois hommes attrapèrent Symon qui se débattit comme un beau diable. Ils se saisirent de ses bras et jambes et se mirent à le balancer avec la ferme intention de le jeter dans le vide.

L'arrivée d'une joyeuse troupe les détourna de leur projet. Des jeunes gens, main dans la main, couraient en sautillant et en chantant. Les trois hommes reposèrent Symon et firent semblant de discuter. La farandole était conduite par une jeune danseuse, en crinoline rose, au masque blanc de pierrot. Au passage, elle prit Symon par la main, le sortant des griffes des soldats, et l'entraîna dans la course endiablée.

Quelques instants plus tard, elle fit signe à Symon de se détacher de la chaîne dansante. Ils se retrouvèrent seuls. D'un geste délicat, la danseuse souleva son masque.

« Emmeline ! » s'écria le jeune homme.

La jeune fille l'embrassa tendrement.

« Qui étaient ces hommes ? » demanda-t-elle.

Pour toute réponse, il lui rendit son baiser.

La foule les entoura à nouveau puis les sépara. A travers les cris et les chants, Symon entendit Emmeline crier : « Symon ! » avant d'éclater d'un rire frais tandis qu'elle s'éloignait happée par les danseurs.

Le jeune homme, encore sous le coup de l'émotion, ne savait plus que penser. Emmeline venait de le sauver des griffes de ceux qui, sans doute, avaient tué son père. Pourtant, elle faisait partie des nobles, ceux-là mêmes qui maintenaient tous les habitants du village enfermés dans la cathédrale, tels des prisonniers qui construiraient les murs de leur propre prison.

Et lui qui venait de lui rendre son baiser. Comment pouvait-il trahir le souvenir de son père et l'amour de Bertrade ?

Dépité, assommé de contradictions, Symon préféra rentrer chez lui.

★

Le lendemain, après quelques heures de sommeil et beaucoup d'autres à réfléchir, Symon s'habilla du plus vite qu'il put. Il prit la musette en cuir qui servait à emporter son repas sur le chantier. Il ouvrit la huche et en tira une grosse miche de pain. Puis, il dépendit d'à côté de la cheminée un gros saucisson et plusieurs tranches de lard fumé. Enfin, il prit une cruche en terre cuite qu'il remplit d'eau fraîche. Il en boucha l'extrémité avec un morceau de bois rond.

Sur la table, il laissa un morceau de parchemin sur lequel il inscrivit : « Mère, je pars. Priez pour moi ! »

Dehors, bien que la matinée soit fort entamée, il n'y avait personne. Il faut dire que la fête s'était poursuivie tard dans la nuit. Beaucoup de gens dormaient encore, cuvant leurs excès. Enveloppé dans son bliaud, Symon traversa le village. Devant la maison de Bertrade, il marqua un temps d'arrêt. Il aurait aimé lui dire adieu, lui expliquer les raisons qui le poussaient à agir ainsi, lui avouer combien il l'aimait. Malgré tout, le jeune homme poursuivit son chemin.

Arrivé sur le parvis de la cathédrale, Symon regarda avec froideur les restes de la fête. Des oiseaux picoraient des miettes de pain entre les gobelets renversés et les reliefs du repas. Plus loin, deux chiens se disputaient un gros os, tout ce qui restait d'un cuissot de chevreuil. Symon avançait entre les tables et les bancs dont certains étaient renversés. Un bruit le fit sursauter. Il s'approcha d'une table. Avec prudence, il souleva la nappe qui pendait sur le banc. Un homme était couché par terre. Il se retourna tout à coup en émettant un nouveau grognement. Trop saoul pour rentrer chez lui, il s'était écroulé là pour cuver son vin. Symon continua d'avancer. Il finit par trouver ce qu'il cherchait depuis un moment. Dans un coin, étaient empilées une dizaine de torches non utilisées. Le jeune homme en prit trois plus un briquet d'amadou. Il ramassa aussi un couteau à découper qui traînait sur la table. Ensuite Symon se dirigea alors vers l'escalier, là où commençait l'interdit.

Symon descendit les premières marches quand il aperçut une forme humaine, allongée en travers, enveloppée dans un manteau noir. Il avança sur la pointe des pieds. Lentement, il enjamba la personne endormie. Il allait continuer son chemin quand il se sentit saisi par une cheville. Symon se retourna vivement.

« Bertrade ! Mais qu'est-ce que tu fais là ? dit le jeune homme surpris.

— Je savais que tu partirais aujourd'hui. Je l'avais lu dans tes yeux », répondit Bertrade.

Elle se releva, prit Symon par le cou et l'embrassa très fort.

« Et je viens avec toi, dit-elle d'une voix douce.

— Non, tu ne peux pas.

— Tu vas la rejoindre, alors ? » demanda la jeune fille.

Symon accusa le coup. Bertrade l'avait donc surpris la veille en train d'embrasser Emmeline. Il dénoua les bras de la jeune fille autour de son cou. Gardant prisonniers ses poignets, il lui dit :

« Bertrade, c'est toi que j'aime. J'ai beaucoup réfléchi la nuit dernière. Cette fille, Emmeline, appartient au monde de ceux qui ont tué mon père. Et pour cela, je ne pourrai jamais l'aimer. Je sais maintenant que tu es l'unique raison qui a fait que je ne suis pas descendu plus tôt rejoindre la Terre.

« Cette quête n'est pas la tienne. J'ai besoin d'une nouvelle liberté, je ne sais pas si je la découvrirai. Mais ça, je dois l'accomplir seul. En plus des dangers que cela comporte, c'est une lutte avec moi-même que je vais mener. Si je ne le faisais pas, ce serait plus tard un véritable enfer pour nous deux. Toute ma vie, je penserais que notre union m'aurait empêché de poursuivre le but que je me suis fixé. »

Deux larmes se mirent à couler sur le visage de la jeune fille.

« Je te le promets : une fois le but atteint, je reviendrai, poursuivit le garçon, car mon véritable bonheur est de vivre avec toi. »

Symon embrassa Bertrade puis reprit ses affaires.

« Rentre vite chez toi ! » ajouta-t-il.

Le jeune homme se retourna une dernière fois avant que le tournant de l'escalier ne lui cache le niveau supérieur. Il fit un signe à Bertrade qui lui lança un dernier baiser.

« Je t'attendrai ! » cria la jeune fille tandis qu'il disparaissait.

★

Symon reconnut le premier niveau. Il eut une pensée émue pour cet endroit qui l'avait vu naître et qui était désormais déserté par les humains. Il s'engagea résolument dans ce qui était pour lui l'inconnu. Il descendit les marches du second niveau. Il dut reconnaître que rien ne le différenciait du premier. Plusieurs minutes plus tard, il arriva sur le parvis de l'ancienne cathédrale. En connaisseur, il admira le travail de ses grands-parents. Il éprouvait un bonheur indéfinissable à contempler ce que ceux de sa génération se voyaient interdire au nom d'une religion qui coupait l'Homme de ses racines.

C'est en descendant les dernières marches de l'étage suivant qu'il prit conscience de pénétrer dans le domaine du Seigneur. Il ne put empêcher son pouls de s'accélérer. C'est avec infiniment de précautions qu'il pénétra sur le parvis. Il devait le traverser sur toute sa longueur pour rejoindre l'escalier qui menait aux étages inférieurs.

Violemment éclairées par des objets ressemblant à des soleils miniatures qui aveuglaient lorsqu'on les fixait, d'énormes boules grises occupaient tout l'emplacement du village et une partie de la grande place. Symon n'avait jamais rien vu de semblable. Il pensa se trouver près des habitations des nobles mais fut surpris de n'y voir ni porte ni fenêtre.

Jugeant préférable de s'éloigner au plus vite, il traversa le parvis en courant et s'engouffra dans l'escalier.

Au second niveau des seigneurs, il décou-

vrit une énorme porte, hermétiquement close, qui lui barrait le passage. Lorsqu'il s'approcha, quelques petites lumières clignotèrent et la porte s'ouvrit d'elle-même. Il pénétra lentement à l'intérieur d'une immense pièce. Un froid glacial le surprit. De la buée sortait de sa bouche à chaque respiration. Des machines ronronnaient. Se trouvait-il en présence de manifestations du Diable ?

Malgré sa peur il s'approcha de l'une d'entre elles. Le dessus semblait en verre et une lumière mauve et blafarde en sortait. Ce qu'il vit lui glaça les veines. D'énormes cubes de viande rouge étaient disposés régulièrement. Des tubes les reliaient dans lesquels circulait un liquide qui ne pouvait être que du sang. En levant les yeux, il vit tout autour de la pièce des crochets où pendait également de la viande.

Pris d'une peur panique, Symon s'enfuit à toutes jambes vers l'étage inférieur. Il traversa sans le voir le fin rayon lumineux qui barrait l'accès à l'escalier.

Il dévala les marches quatre à quatre, pressé de mettre de la distance entre lui et les choses incompréhensibles qu'il venait de voir.

Au moment de se lancer dans l'escalier, vers le niveau suivant, il perçut des aboiements dans le lointain. Son cœur bondit dans la poitrine. Les hommes du Seigneur lui donnaient la chasse ! Ils avaient dû, d'une manière ou d'une autre, s'apercevoir de sa présence. La peur qui coulait désormais dans son sang lui fit dévaler encore plus vite les marches. Bientôt il se retrouva à bout de souffle. Il s'arrêta, le dos en sueur collé contre la paroi glacée, afin d'épier le moindre bruit. Les aboiements se rapprochaient dangereusement. Il reprit la fuite, sautant plusieurs marches à chaque palier. Au bout d'un moment, il ne sut même plus à quel niveau il se trouvait.

Symon s'arrêta de nouveau pour écouter : un bruit de course effrénée lui parvint.

Soudain, une masse noire se jeta sur lui. Le jeune homme eut juste le temps de se protéger la gorge en plaçant son avant-bras dans les mâchoires du dogue. Ensemble, ils dévalèrent l'escalier. Le chien relâcha alors son étreinte. Il fallait empêcher la gueule baveuse du monstre de le dévorer. De toutes ses forces, Symon le repoussa en le tenant par le collier. Pris de panique, il sentit à peine les pointes dont était hérissé l'anneau de cuir lui rentrer dans la paume de la main gauche. Lentement, il parvint à faire glisser son autre main le long de son corps et à fouiller son sac. Ses doigts se crispèrent sur

le manche de bois du couteau qu'il avait pris sur une table. De toute ses forces, il enfonça la lame dans le poitrail de la bête. Le dogue hurla de douleur tandis que son sang aspergeait le visage de Symon. Encore et encore, le jeune homme laboura le corps du chien, déjà mort depuis longtemps.

Symon mit un bon moment à retrouver ses esprits. Au loin, il entendit les aboiements d'un autre chien. Celui-là devait être tenu en laisse par les soldats, sinon, il aurait déjà rejoint le premier. Le jeune homme voulut se relever pour fuir à nouveau, mais il poussa un cri. Sa cheville droite refusait de le porter. Elle s'était certainement foulée dans sa chute avec le chien. Tant bien que mal, Symon réussit à se relever. Il claudiqua, faisant porter tout son poids sur sa jambe valide. Avec beaucoup de peine et de souffrance, il parvint à atteindre un niveau plus bas. Les hurlements du chien se faisaient de plus en plus forts. L'animal sentait que Symon n'était pas loin. Il entendit soudain l'un des soldats gueuler :

« Regardez ! Ce salaud vient de tuer Otho.

— Il va le payer cher ! répliqua un autre.

— Taïaut ! Tue ! Tue ! »

Le jeune homme comprit qu'ils venaient

de lâcher le second chien qui se précipitait à la curée. Il s'appuya du mieux qu'il put contre la paroi rocheuse. Il prit une torche à deux mains et attendit, la tête tournée vers l'escalier. Le peu de temps que mit le dogue à descendre en jappant lui parut éternité. Le souffle court et la peur lui nouant l'estomac, Symon attendit que l'animal jaillisse comme un boulet du dernier tournant de l'escalier. De toutes ses forces, il abattit alors la torche sur le crâne de l'animal, le chien glapit de douleur. Avant qu'il ne reprenne ses esprits, Symon se jeta sur lui de tout son poids et bloqua le manche de la torche sur la gorge du dogue. Il serra alors du plus qu'il put. L'animal pris au piège se débattit. A plusieurs reprises, ses griffes s'imprimèrent en profondeur sur le visage du jeune homme. Mais avec une volonté farouche, Symon serrait, serrait, sans relâcher sa prise. Au bout d'un moment, l'animal fut secoué de soubresauts convulsifs avant de se figer, la langue pendante et les énormes crocs sortis, dans la pose où l'avait saisi la mort.

Symon ne put s'empêcher de laisser éclater sa joie. Son formidable cri de victoire résonna longtemps contre les voûtes et les piliers. En se traînant presque, il reprit sa descente, afin d'échapper à ses poursuivants. Le sang aveuglait ses yeux, sa cheville le faisait horriblement souffrir, mais il devait continuer. Les autres seraient sans pitié s'ils l'attrapaient.

★

Les poursuivants arrivèrent au niveau que venait de quitter Symon. A la lueur des torches, ils découvrirent le cadavre du deuxième chien.

« Enfer ! il vient d'avoir Odin, s'exclama l'un d'entre eux.

— Mais c'est le Diable ce gars-là ! dit un autre.

— Mais non, bande de poules mouillées ! Je le connais, c'est un jeunot qui n'a rien dans le ventre. Si je l'attrape, je l'étripe, éructa un troisième dont les chicots luisaient à la faible lumière des brandons.

— Hé, Garnier, à quel niveau sommes-nous ? demanda l'un.

— Qu'est-ce que ça peut foutre ? répondit Garnier. Nous devons tuer ce salopard ! Ensuite, nous remonterons.

— J'aime pas ça, dit un soudard. On est descendu trop bas. On est dans le domaine du Diable. »

Sur cette phrase, il se signa. Les autres l'imitèrent. Un long silence s'installa. Ils se regardèrent à la lueur vacillante des torches.

Leurs visages, luisant de sueur, laissaient transpirer la peur.

« On laisse tomber, remontons », dit le premier.

Hargneux, les yeux injectés de sang, Garnier hurla :

« Pisse-culottes, bâtards, vous avez la frousse. Remontez puisque vous faites dans vos braies ! Vous raconterez au Seigneur comment sont morts ses deux dogues. Il sera sûrement content. Moi, je continue, je ramènerai la tête de ce satané gamin ! »

Il arracha une torche à l'un des autres qui remontèrent sans demander leur reste. Garnier baissa les yeux à la recherche d'une piste. Il trouva tout de suite. De nombreuses gouttes de sang constellaient l'escalier. L'homme poussa un féroce ricanement et sortit un couteau de sa ceinture.

★

Symon grimaçait de douleur. Sa cheville enflait dans des proportions alarmantes. En arrachant un morceau de son bliaud, il s'était confectionné une bande qu'il avait partagée en deux. Avec le premier bout, il s'était entouré la tête afin d'arrêter le sang qui ruisselait sur son visage. Avec le second, il avait bandé sa cheville du mieux qu'il avait pu. Mais ce n'était pas une solution miracle. Il savait qu'il ne pourrait fuir encore longtemps. En peinant, il avait quand même réussi à descendre deux autres niveaux. Mais la douleur devenait intolérable. Dans un dernier effort, il parvint à se hisser dans une niche située à la sortie de l'escalier. De là, il rampa jusqu'à un arc-boutant qui reliait le mur de la cathédrale au contrefort extérieur. Il arriva ainsi presque à la verticale de la sortie de l'escalier. Il espérait échapper à ses poursuivants qui ne penseraient peut-être pas à lever la tête.

Symon s'efforça de calmer sa respiration, car ses halètements pouvaient trahir sa présence. Le ventre contre la roche, les bras et les jambes enroulés autour de la pierre, le jeune homme attendit ainsi, le couteau à la main, plusieurs minutes. « Peut-être ont-ils abandonné la poursuite ? » pensa-t-il.

Soudain, il vit de la lumière se découper dans la pénombre. Quelqu'un descendait prudemment les marches. Son ombre s'étalait sur le sol dallé. Symon vit apparaître une silhouette. Aussitôt, il reconnut Garnier. Celui-ci regardait attentivement le sol.

« Il me suit grâce à mon sang », pensa Symon. Il était vrai que le bandeau avait été très vite imbibé du sang qui continuait de couler par terre.

« Alors fouille-merde, où es-tu ? » cria soudain Garnier.

Symon se garda bien de répondre.

« Je sais que tu es là, continua le soldat. Nous ne sommes que tous les deux, mais dis-toi bien que tu ne m'échapperas pas. »

L'homme avança de quelques pas. Il se trouvait juste à la verticale de Symon. Garnier baissa les yeux. A ses pieds, il y avait une flaque de sang. Il leva brusquement la tête, mais n'eut pas le temps de réagir. Il perdit l'équilibre et s'écroula sous le poids de Symon. Celui-ci s'apprêta à porter un coup mortel à son adversaire mais un cri horrible l'arrêta. En tombant, la tête de Garnier avait porté sur la torche. La poix brûlante avait coulé sur son visage. Elle avait adhéré à sa peau et à ses yeux. Sous l'effet de la souffrance, le soudard renversa Symon puis, les mains sur son visage, il se mit à courir dans tous les sens, en hurlant de douleur. Aveugle, il finit par se cogner contre un mur.

Le jeune homme se rapprocha de Garnier qui ne bougeait plus. Son visage était atrocement brûlé. Sa barbe et ses cheveux fumaient encore.

Symon eut soudain une irrésistible envie de vomir. Le ventre creux, ce fut de la bile qui remonta dans sa bouche. Il rassembla alors ses dernières forces afin de s'éloigner de ce lieu maudit. Longtemps encore, en descendant les marches, il entendit résonner les hurlements de Garnier.

Fuir d'abord. Après, seulement, il pourrait se reposer. Et peut-être oublier...

★

Symon se réveilla après une nuit peuplée de cauchemars. Blotti dans son manteau, il regarda autour de lui. Il se trouvait sur un palier. Il n'avait plus aucune notion ni du temps ni du niveau auquel il se trouvait. D'ailleurs, il ne se rappelait pas s'être endormi. Il avait dû descendre et descendre encore, mi-boitant mi-rampant, jusqu'à ce qu'il s'écroule, mort de fatigue pour s'endormir aussitôt.

Symon regarda sa cheville. L'entorse avait sensiblement diminué. Il put refaire son bandage ; en le serrant avec force, il maintiendrait mieux la cheville et lui permettrait, s'il ne la fatiguait pas trop, de marcher. Il toucha aussi le haut de son visage. Le pansement de fortune avait séché. Il collait maintenant à la plaie. Mieux valait ne pas essayer de l'enlever, les blessures se seraient aussitôt remises à saigner.

La faim et la soif tenaillèrent soudain

l'estomac du jeune homme. Il n'avait rien avalé depuis la veille. Il prit sa besace. Il remarqua tout de suite que le cuir était détrempé. Il ouvrit la musette et découvrit le désastre. La cruche en terre cuite s'était cassée. Il retira un à un les morceaux de la poterie. Le pain n'était plus qu'une boule de charpie.

Symon se força à manger cette bouillie informe, gorgée d'eau, car le besoin de boire pourrait bientôt se faire cruellement sentir. Pour mieux avaler le pain, il engloutit en même temps une tranche de lard fumé.

L'estomac plein, il sentit revenir ses forces. Il se leva avec précaution. La tête lui tournait un peu. Il éprouva sa cheville : s'il ne laissait pas porter tout son poids sur elle et s'aidait en s'appuyant à la paroi, il pouvait continuer la descente.

Les lieux que traversait Symon étaient baignés d'une douce pénombre. Il était vrai que dans la cathédrale, seuls les vitraux apportaient de la lumière, mais quand même, cela l'intriguait. Il décida de sortir et de se rendre là où se tenait l'ancien village. Forcément il ferait plus clair. L'immense portail était fermé, mais depuis le temps qu'il était installé, il ne devait pas être trop difficile à ouvrir. La grande barre en fer qui bloquait, sur toute la longueur, le portail était mangée par la rouille. En la frappant à grands coups, à l'aide d'une pierre, Symon réussit peu à peu à la tordre. Puis, la tirant de toutes ses forces, il put l'arracher d'un des montants de pierre. La porte s'ouvrit dans un grincement épouvantable. Contrairement à ce qu'il attendait, la lumière ne l'aveugla pas. La grande place vide, là où s'était trouvé le village de ses ancêtres, était noyée dans un épais brouillard. Il marcha jusqu'aux ouvertures qui se trouvaient de chaque côté du parvis. Au-dehors, c'était pire encore. La masse cotonneuse où était plongée la cathédrale occultait une bonne partie de la lumière du jour.

Symon comprit qu'il se trouvait au niveau des nuages qui masquaient perpétuellement le sol. Là commençait peut-être le domaine du Diable.

Le jeune homme rentra à nouveau dans la cathédrale. Il referma la porte et reprit sa descente.

La nuit tomba vite. Ne distinguant plus rien, Symon décida de s'arrêter. Il se réfugia dans le bras gauche du transept. Là, il chercha du bois. Si on débarrassait complètement le village, en revanche, on laissait tout ce qui avait été béni et qui appartenait à Dieu. Ainsi, la chaire et le reste du matériel religieux n'étaient pas enlevés lors de la montée d'étage. Sans difficulté, Symon cassa à coups de pied le bois vermoulu du confessionnal. Il avait conscience de commettre un sacrilège, mais le froid était le plus fort. Avec son briquet à amadou, il alluma une torche. Dessus, il posa de petits morceaux de bois qui eurent tôt fait de s'enflammer à leur tour.

Au bout de quelques minutes, il retira la torche et l'éteignit. Puis, il sortit du sac le saucisson dans lequel il mordit à pleines dents. Le feu pétillait. De temps en temps, un morceau de bois craquait sous la chaleur. Aussitôt, une gerbe d'étincelles montait, telle une nuée de lucioles, dans les hauteurs des voûtes. Sa faim apaisée, ce fut sa soif qui commença à se manifester.

Il rallúma la torche et se mit à explorer son univers d'une nuit. Il commençait à douter de sa théorie de pillage des pierres des étages inférieurs. Rien ici n'avait bougé. Seule la patine du temps était venue poser sa marque sur les blocs de pierre, rongeant les figures des statues, grignotant les reliefs.

Avec minutie, il se mit à regarder les colonnes, pierre par pierre, à la recherche d'une marque, de sa marque. Il en reconnut quelques-unes au passage, représentant une main ou un compas, signes immuables d'une famille particulière. Cela ramena à son esprit une foule de souvenirs. Il pensa avec émotion à Bertrade et à sa mère. Mais, aussi périlleuse que fût sa situation, il se sentait libre de tous remords, en parfait accord avec lui-même. Soudain, là-haut, près d'un linteau, il reconnut le losange si caractéristique. Il approcha au maximum la torche de la marque. Son cœur battit la chamade quand il compta les points. Huit, il y en avait huit ! Donc, il était descendu de neuf étages. Soit un bond en arrière dans le temps de presque cinq cents ans. Symon n'arrivait pas à y croire, mais en même temps, il savait qu'il lui restait bien du chemin à parcourir. Et plus il descendrait, plus il risquait de rencontrer des servites, ce qui ne l'enchantait guère.

La soif tenaillait de plus en plus Symon. Il fallait très vite trouver de l'eau. Il explora les moindres recoins de la cathédrale en espérant découvrir une flaque quelque part. Rien ! Ce fut en s'approchant de la grande porte qu'il s'aperçut que le mur de droite suintait d'humidité. En baissant les yeux, il vit que goutte à goutte, l'eau s'était accumulée dans le bénitier. Le jeune homme se jeta littéralement la tête dans le grand coquillage. Il but autant qu'il put. L'eau avait un étrange goût fade.

Symon retourna près du feu qu'il alimenta

d'autres morceaux de bois. Il se coucha près des flammes en s'enroulant dans son manteau. Quelques instants plus tard, il dormait.

★

Symon était perdu dans les ténèbres. Le territoire du Diable. Des servites dansaient autour du feu en une folle sarabande. Ils avaient rejeté en arrière leurs capuchons. Le jeune homme regardait ces figures grimaçantes qui le fixaient. L'une d'entre elles, plus hideuse que les autres, s'approcha lentement. Armée d'une dague, elle se jeta sur lui.

Symon roula sur lui-même par pur réflexe. Cela le réveilla. Une masse était à côté de lui, il eut du mal à se relever. Empêtré dans son manteau, le rêve était réalité. L'homme s'approchait de lui. Le feu, ranimé pour quelques instants par le déplacement d'air des deux hommes, fit renaître de belles flammes. Et l'horreur apparut à Symon. Garnier, ou plutôt une affreuse caricature de Garnier, était là face à lui. Son visage avait été dévoré par le feu. Ses yeux désormais sans paupières étaient fixés sur ce qu'ils ne verraient plus jamais. La moitié de sa bouche était à nu ; la chair pendait par lambeaux autour de ses dents noires. A n'en pas douter, la douleur l'avait rendu fou mais avait gravé un ultime message dans son cerveau définitivement atteint : tuer Symon. Lentement, explorant sans relâche chaque recoin, grattant la roche, comme ses mains en sang et aux ongles arrachés en témoignaient, il avait suivi, Dieu sait comment, la piste de Symon.

Un ricanement baveux s'échappa de la bouche du fou.

« Alors, fouille-merde, on se retrouve ! » éructa-t-il.

Symon ne répondit pas, il se sentait coincé, le dos contre la muraille. Son sac et ses affaires étaient hors de portée, derrière le soldat.

« Tu n'aurais pas dû faire du feu, je l'ai senti de loin », continua Garnier.

Puis, sans que rien n'ait prévenu Symon, il se rua sur lui avec une agilité surprenante pour un homme aussi mutilé. Il fit décrire de larges cercles à son couteau. Paralysé par la peur, Symon ne put se déplacer assez vite. Une large estafilade apparut sur son avant-bras. Il ne put retenir un cri de douleur. L'autre se mit à rire.

« Je vais t'embrocher comme un lapin. »

Symon comprit que dans un duel de face, il ne gagnerait pas. Garnier était rompu à toutes les techniques de combat au couteau. Lentement, il se baissa à la recherche d'une petite pierre.

L'autre ne bougeait plus, attentif au moindre bruit, au moindre déplacement du jeune homme. Symon jeta brusquement la pierre à quelques mètres sur sa droite. Aussitôt, Garnier se précipita dans cette direction, en faisant de larges moulinets avec sa dague.

Symon en profita pour faire un roulé-boulé de l'autre côté et se retrouva près de ses affaires. Il fouilla avec précipitation son sac et découvrit enfin son couteau. Puis, il s'empara d'une torche.

Pendant ce temps-là, l'autre se rapprocha de lui.

« Ne te cache pas, pourriture ! Je t'aurai de toute façon. »

Mais Symon n'avait pas l'intention de fuir. Il tourna autour du feu que Garnier, malgré son infirmité, évitait avec une adresse diabolique. Ainsi, ils firent un ou deux tours, s'épiant l'un l'autre. Lentement, toujours en tournant, Symon abaissa sa torche au-dessus du feu. Quelques instants après, la poix s'enflamma. Le jeune homme lui laissa le temps de prendre de l'ampleur. Puis, tout à coup, il cessa de tourner. Il tendit à bout de bras la torche, à hauteur de visage. Garnier fit quelques pas encore puis s'arrêta. Il avait ressenti la chaleur de la torche sur son visage.

« Tu vas mourir », dit simplement Symon.

Sur ces mots, le jeune homme commença à avancer. Effrayé, le soudard recula. Il buta dans un morceau de bois et s'étala, de tout son long, dans la poussière. Symon avançait toujours. Garnier se releva après avoir reculé à quatre pattes sur quelques mètres. Comme hypnotisé par une flamme qu'il ne pouvait pas voir, Garnier battait en retraite. Il buta sur les premières marches de l'autel qu'il grimpa petit à petit.

Symon ne traquait pas un homme qui aurait demandé grâce depuis longtemps, mais une bête sauvage pleine de haine envers lui.

Garnier termina sa fuite contre le mur derrière l'autel. Il marmonnait des mots inintelligibles. Se sentant pris au piège, d'un geste ultime, il lança de colère sa dague en direction de Symon. Celui-ci n'eut aucun mal à l'éviter en se baissant un peu.

Le jeune homme força son adversaire à se déplacer vers la droite. L'homme s'exécuta de mauvaise grâce. Après quelques mètres, il se trouva là où le voulait Symon.

Si Garnier avait pu lire la froide détermination sur le visage, trempé de sueur, du jeune homme, il aurait su qu'il n'avait à attendre aucune pitié de sa part.

Symon approcha brusquement la torche tout près du visage mutilé de Garnier. Celui-ci dans un dernier réflexe se rejeta en arrière. Symon vit la scène au ralenti : Garnier crevant l'immense vitrail qui se trouvait derrière lui, écartant les bras pour se raccrocher à quelque chose qui n'existait pas. Il ne cria même pas lorsqu'il bascula dans le vide.

En tuant Garnier, c'est une partie de lui-même que Symon tuait. Il coupait définitivement tout lien avec ceux de son monde. Symon fit alors tournoyer sa torche et la lança à travers le vitrail éventré, puis, tombant à genoux, il se mit à pleurer.

★

Le lever du troisième jour de descente le trouva recroquevillé sur lui-même. L'air frais qui s'engouffrait du verre éclaté faisait voler ses cheveux. Il finit par se relever, rassembla ses affaires et prit l'escalier. Comme un somnambule, il descendit encore et encore des niveaux sans se soucier de les compter ni de les visiter. Désormais, il

n'avait qu'une hâte: rejoindre la Terre et quitter ce lieu maudit.

Il avait bien vite épuisé ses maigres provisions. De temps à autre, il avait la chance de trouver un peu d'eau, souvent croupie, coincée en une petite flaque entre deux voussures ou dans une cuvette formée par le dallage disjoint.

Le jour était de plus en plus ténu. Dehors le brouillard était plus épais que jamais. Seul un bon feu réchaufferait, ce soir, son corps raidi par l'effort.

Au milieu de la journée, il commença à douter des forces qui lui restaient. Il eut du mal à déployer ses membres engourdis par le froid. En fouillant dans son sac, il trouva un petit bout de lard qu'il grignota en tremblant. Il mangeait là sa dernière nourriture. Presque mécaniquement, il descendait les marches. Au bout de quelques heures, il sentit un fort courant d'air. L'espoir submergea sa conscience. Il approchait du but, il en était sûr. Il puisa dans ses dernières ressources pour dégringoler les marches de l'escalier. De palier en palier, le souffle se faisait de plus en plus fort. Un vent frais frappait son visage, le ragaillardissant.

Il perçut bientôt une lueur qui éclairait sous lui la cage d'escalier. Son cœur battit à tout rompre quand il arriva à l'air libre. Le soleil l'éblouit. Il lui fallut plusieurs minutes avant de se rendre compte de l'endroit où il se trouvait. Finalement, ses yeux s'habituèrent à la lumière du jour.

Perché sur un palier, Symon regarda autour de lui. Et il sentit sa raison vaciller ! Tout autour de lui, ce n'était que le vide. La cathédrale ne reposait sur rien ! Symon se pencha sur le parapet pour voir s'il ne rêvait pas. Rien, il n'y avait plus rien ! La cathédrale flottait dans les airs ! En bas, il pouvait apercevoir la Terre. Elle était sous lui, loin, très loin, inaccessible !

« Ce n'est pas possible », dit Symon tout haut.

Il se sentit gagné par cette folie qui l'avait guetté tout au long de son périple. Il entendit tout à coup un léger raclement sur sa gauche et se pencha pour voir ce qui se passait. Ce qu'il vit lui glaça le sang. Un bloc de pierre se détachait de la paroi de la cathédrale. Tel un tiroir, il sortait de son logement. Puis s'écartant du mur, il s'éleva et monta lentement vers le haut de l'édifice. Symon s'aperçut que d'autres carreaux étaient en train de faire de même. Le jeune homme resta fasciné par cette montée des pierres. Immobile, il ne pouvait détacher ses yeux de cette magie. Il serait certainement resté comme cela très longtemps si une voix derrière lui n'avait retenti :

« Merveilleux spectacle, n'est-ce pas ? »

★

Le Seigneur était là, souriant, qui regardait Symon. Emmeline se tenait près de lui.

Symon ne sursauta même pas. Après ce qu'il avait vu, plus rien ne pouvait l'étonner.

« Je savais que je te trouverais là, dit en riant le Seigneur. D'ailleurs comment aurait-il pu en être autrement ? »

Symon ne répondit pas. Son regard se porta à nouveau sur l'étrange ballet que menaient les pierres.

« Tu fais partie des rares hommes à ne pas accepter leur quotidien, poursuivit le souverain. Mais en fait que cherches-tu ?

— La liberté, répondit sobrement Symon.

— Mais qu'est-ce que la liberté, sinon être en harmonie avec soi-même ?

— La liberté, c'est la Terre.

— En admettant que tu aies pu la rejoindre, très vite tu aurais été confronté à un autre environnement, peut-être beaucoup plus insupportable qu'ici dans la cathédrale.

— Qui êtes-vous ? demanda soudain Symon.

— Un pion, rien qu'un pion dans l'univers céleste. Mais un pion qui n'est pas un homme, même s'il en a l'apparence. Pour vous je suis immortel. Ce n'est pas vrai, j'existe dans une autre tranche du temps, voilà tout. La mort se réalise aussi pour mes semblables et moi. Simplement vos années ne sont que nos minutes.

— Etes-vous des dieux ?

— Oh non ! dit en souriant Emmeline. Puisque tu as atteint ce point ultime de la cathédrale, tu as droit à des explications que peu d'hommes ont eues.

« Il y a des milliers d'années, nous sommes arrivés sur ta planète. Mais cette arrivée était tout à fait fortuite. Nous n'avions nulle intention de venir visiter votre planète, mais le véhicule qui nous transportait s'est détérioré. Au bout d'un certain temps, malgré nos réparations, nous avons compris que notre fusée — cela s'appelle ainsi — ne fonctionnerait plus jamais, faute de carburant introuvable sur ce monde. Nous ne pouvions plus repartir chez nous.

« Nous avons fini par rencontrer ton peuple qui vivait sur la Terre. Crois-moi, la vie que les gens y menaient ne différait guère de celle que tu as toujours observée. Ils habitaient des villages construits autour d'une grande église, ils cultivaient la terre et élevaient des animaux. Ils étaient très croyants et se référaient sans cesse à un seul et unique dieu qu'ils appelaient tout simplement Dieu. Comme nous étions descendus du ciel, ils nous prirent pour les envoyés de leur dieu. L'un de nous a eu l'idée de se servir de cette certitude. Nous avons étudié avec attention votre mode de vie et surtout vos croyances.

« Finalement, nous avons dicté nos exigences au peuple qui n'attendait que cela, poursuivit le Seigneur.

« Dieu réclamait ses fils. Pour se faire, tout le monde devait désormais se consacrer à la construction d'une gigantesque église appelée cathédrale. Les hommes devaient ériger pierre après pierre ce splendide temple qui devait les rapprocher de Dieu. Ce fut, crois-moi, dans l'enthousiasme général qu'ont débuté les premiers travaux.

« Nous avons, j'ai oublié de te le dire, un pouvoir assez spécial : celui de pouvoir faire léviter — flotter, si tu préfères — les objets. Aussi pour gagner du temps — tu vois, malgré notre relative immortalité, nous cherchons à le réduire nous aussi —, nous avons très vite ceinturé la cathédrale de nuages impénétrables. Après cela, nous avons fait léviter l'édifice afin de récupérer les pierres du dessous.

— Vous avez dit que peu d'hommes avaient su cette vérité ? Mais je n'en ai jamais entendu parler ! Que sont-ils devenus ces hommes, vous les avez tués ?

— C'était tout au début, il nous a fallu être cruels et durs parfois.

« Et depuis des siècles nous maintenons ainsi la cathédrale en l'air de plus en plus haut grâce à vous. Notre puissance mentale nous permet de combattre l'attraction de la planète, mais hélas ! elle n'est pas assez forte pour nous propulser dans l'espace. C'est par votre travail et votre foi que nous montons, lentement certes, mais sûrement.

« Un jour viendra où l'action de la gravité se fera moindre, à cause de la hauteur où nous nous trouverons. Nous pourrons alors reporter toutes nos forces vers l'avant. Enfin nous pourrons nous élancer dans l'espace, là où notre race peut survivre. »

En prononçant ces mots, le Seigneur s'enflamma. Sa voix se faisait vibrante. Ses yeux brillaient. Symon sentait qu'il attendait ce jour avec impatience. Ceux d'Emmeline reflétaient le même sentiment.

« Depuis, poursuivit le Seigneur, les

années ont passé, les générations se sont succédé. Les hommes continuent leur tâche sacrée en paix.

— Et c'est pour vous exclusivement qu'ils œuvrent ! Si j'ai bien compris, ils courent à leur propre mort ! s'exclama Symon.

— Nous courons tous après quelque chose, répondit le Seigneur. L'important, c'est d'avoir un but. Et nous avons donné ce but aux humains. Ce n'est pas nous qui avons créé votre religion. Elle existait bien avant que nous n'arrivions. Certes, nous l'avons adaptée à nos besoins, mais l'humanité s'était déjà donné un but, à travers la recherche de Dieu qui devait offrir aux morts un monde meilleur.

— Bien sûr, le jour où nous propulserons le vaisseau de pierre dans l'espace, tous les hommes seront morts, surenchérit Emmeline. Mais de vieillesse tout simplement. Nous empêcherons la dernière génération d'avoir des enfants. Et nous attendrons que le dernier homme meure de sa belle mort, avant de partir pour les étoiles.

— Vous parlez de nous comme d'un vulgaire bétail, dit Symon, l'air sombre. Depuis des milliers d'années, vous nous maintenez dans un mode de vie qui nous empêche de progresser, uniquement parce que votre savoir, soi-disant supérieur, est incapable de vous faire repartir de notre terre. Vous n'êtes que des monstres qui vous amusez avec les vies humaines comme d'autres avec des marionnettes.

— Tu me remets en mémoire, répondit le Seigneur impressionné par les déductions de Symon, les deux thèses qui se sont affrontées, il y a bien longtemps, lors de notre arrivée sur cette planète. La première est celle que nous avons adoptée, à savoir la construction de ce vaisseau de pierre. La seconde était de vous aider au maximum à vous développer et ainsi accéder très vite à l'exploration spatiale. C'est le bon sens qui a gagné. Il était beaucoup plus facile de contrôler quelques centaines de personnes, plutôt qu'une civilisation technologiquement avancée qui n'aurait pas eu la même crédulité et qui aurait mal accepté d'être gouvernée par des extraterrestres. »

Symon écoutait avec attention ce que disait l'étranger, même s'il ne comprenait pas tout. Il ne voyait plus devant lui le Seigneur, mais un homme d'une autre race qui avait réduit les humains en esclavage.

« As-tu faim ? demanda tout à coup Emmeline. Nos machines à synthétiser la nourriture donnent d'excellents résultats. Vous n'avez jamais eu à vous en plaindre. Tu les as vues d'ailleurs en traversant nos étages. Notre signal d'alarme nous a avertis de ta descente. Tiens, mange, Symon. »

Le jeune homme se demanda d'où elle sortait soudain ce panier rempli de victuailles. Mais il ne put empêcher son estomac, qui criait depuis si longtemps famine, de répondre oui à sa place.

« Qu'allez-vous faire de moi ? questionna Symon, en train de dévorer avidement une cuisse de poulet. Me tuer comme tant d'autres avant moi ?

— Est-ce que l'on tue un homme à qui l'on donne à manger ? questionna Emmeline.

— Mes soldats, qui sont humains, n'ont guère le sens de la mesure. Ils ont tué ton père en pensant qu'il pouvait devenir dangereux en révélant ce qu'il savait. Mais je suis sûr qu'il aurait gardé ce secret toute sa vie comme un lourd fardeau. Il aimait trop la cathédrale. Toi non plus, tu n'étais pas dangereux. Ton seul désir était de descendre rejoindre la Terre qui de toute façon t'est physiquement interdite. Ton organisme est habitué à vivre à très haute altitude, il ne supporterait pas le retour à la terre ferme. La pesanteur t'étoufferait. »

Symon serra les poings, mais ne dit rien. La haine envers ce peuple de parasites le submergea.

« Non, poursuivit le Seigneur, je ne vais pas te tuer. Emmeline ne me le pardonnerait pas, dit-il en regardant la jeune fille. Tu vas servir d'exemple. Tu vas retourner là-haut et tu raconteras ce que tu as vu lors de ta descente. »

Le jeune homme ne comprenait pas où il voulait en venir.

« Oh, bien sûr, continua le Seigneur, ce ne seront pas tes souvenirs présents. Je t'en implanterai d'autres plus conformes aux croyances. Tu raconteras ta descente aux Enfers. Seule ta foi et ton courage t'auront sauvé d'une mort atroce. Si tu ne revenais pas là-haut, le doute subsisterait. Certains pourraient penser que tu as peut-être réussi à rejoindre la Terre. Cela inciterait d'autres fous de ton espèce à tenter l'aventure. Vivant, tu seras l'exemple de ce qu'il ne faut pas faire. Et pour les générations futures tu dissuaderas, par ton souvenir, les éventuels candidats au voyage. Tu vois, c'est simple. »

Emmeline se remit à parler. Deux larmes coulaient le long de ses joues.

« Ne nous juge pas trop vite. Nous ne sommes pas aussi mauvais que tu le penses. Certes notre apparence humaine n'est que façade — c'est d'ailleurs pour cela que tu ne nous as pas vus dans nos étages — mais au fil du temps nous avons appris à estimer votre race, ses valeurs, ses motivations et même ses faiblesses...

— ... Et à jouer avec les sentiments des autres, insinua Symon.

— Crois-tu qu'il soit si simple de nouer des liens durables entre nous ? Bien qu'il te semble que nous ayons le même âge, j'ai en réalité pas loin de six cents de vos années. Tu seras malheureusement mort avant que mes vingt ans n'arrivent. Est-ce cela que tu appelles bonheur ? »

Symon se leva d'un bond. La colère l'envahissait toujours. Une colère froide et sourde : envers eux, les Maîtres, envers lui-même, mais surtout envers Dieu qui semblait si mal faire les choses.

C'est pourtant d'une voix étonnamment calme qu'il dit :

« Depuis le temps que vous vous servez des hommes, vous pensez tout connaître de leurs réactions. Mais vous vous trompez. Vous voulez m'empêcher de devenir une légende qui servirait à libérer les hommes et à leur faire prendre conscience de leur manipulation. Vous n'avez oublié qu'une chose : l'imprévisible.

« Adieu ! »

Sans hésiter un instant, Symon se jeta dans le vide.

Le Seigneur resta pensif quelques secondes puis éclata d'un rire tonitruant qui n'en finissait pas.

EPILOGUE

En cette belle journée de printemps, Bertrade avait tenu à être à son avantage. Ce dimanche était jour de repos au village : on fêtait comme chaque année le retour des hirondelles qui bientôt nicheraient sous les voussures de la cathédrale. C'était l'occasion de se réunir tous autour des musiciens et fêter en dansant une nouvelle année de labeur.

Pour l'événement, Bertrade avait revêtu sa belle robe blanche dont le bas était brodé de petites roses rouges. La jeune femme ne comptait plus les heures de veillée qu'il avait fallu pour terminer son ouvrage. Mais le résultat en valait la peine. Tout le monde la complimentait pour son goût et son savoir-faire. Pour agrémenter l'ensemble, Bertrade avait noué ses cheveux en une longue tresse dans laquelle elle avait entrelacé un ruban rouge. Enfin, par péché d'orgueil peut-être, mais aussi par souvenir, elle avait accroché à son corsage la magnifique rose, don de Symon, qui paraissait toujours aussi fraîche.

Face à son miroir où elle se contemplait, une foule de souvenirs lui revint brusquement en mémoire :

Elle se revit douze ans plus tôt courir à perdre haleine en direction du parvis où l'on venait de l'avertir du retour de Symon. Les compagnons l'avaient découvert, le lendemain de la montée des pierres, gisant au beau milieu des carreaux apportés par les servites. Elle avait vu alors un corps inanimé, au visage meurtri et aux yeux irrémédiablement brûlés par une trop forte lumière.

Pendant des jours et des jours, avec la mère de Symon, elle avait veillé le jeune homme habité par une énorme fièvre et qui ne sortait de son état comateux que pour délirer. Elles l'avaient lavé, épongé, frotté de divers onguents. Par petites gorgées, elles lui avaient fait prendre des décoctions d'agripaume.

Il se dressait parfois sur sa couche pour

crier des choses étranges et sans signification.

Bertrade se souvenait d'un détail qui l'avait marquée : Symon racontait qu'il avait voulu mourir pour son peuple en se jetant dans le vide mais qu'une pierre volante l'avait rattrapé.

Enfin lorsqu'il sembla reprendre des forces, elle l'avait nourri de soupes et de viandes finement découpées.

Plusieurs fois, après la guérison de Symon, ils avaient discuté ensemble. De ses cauchemars il n'avait aucun souvenir. Par contre, il gardait parfaitement en mémoire son odyssée dans les bas-fonds de la cathédrale.

Quelques semaines après, lorsqu'il eut retrouvé toutes ses forces, les gens du village se réunirent, avec l'approbation de l'Église, en une assemblée. Symon, au milieu de tout ce monde, fut mis en devoir de raconter son voyage : la descente aux Enfers dans les étages froids, humides et noirs ; son combat courageux face aux forces du mal ; sa lutte acharnée avec les démons qui lui avait coûté la vue ; enfin son sauvetage par les servites.

Au fur et à mesure qu'il racontait son histoire, Bertrade voyait Symon blanchir et son visage se recouvrir d'une sueur froide.

Des tremblements le secouèrent. Pour finir, il s'évanouit.

Effrayés par son récit et sa réaction, les villageois n'osèrent plus jamais le questionner sur les terribles épreuves qu'il avait endurées. Cela renforça leur foi et surtout leur crainte des démons peuplant les étages inférieurs. Seule la montée vers Dieu pouvait sauver de cet enfer.

L'Église en profita pour rappeler combien l'impétuosité du jeune homme, mise sur le compte de la jeunesse et du chagrin éprouvé lors de la mort de son père, avait été grande et avait failli lui coûter la vie. Seule, sa foi l'avait sauvé. Les autres devaient en tirer tous les enseignements nécessaires.

Bertrade se rappela des confidences de Symon le soir de cette assemblée. Il lui avait dit qu'il avait eu l'impression, lors de son récit, que les mots sortaient tout seuls de sa bouche sans qu'il eût réellement besoin de les formuler par avance. Il lui avait semblé que tout cela sonnait faux dans sa tête.

La perte de la vue n'avait pas affecté Symon outre mesure. Il disait que désormais, il voyait mieux en touchant les choses. Il fallait une grande habileté, comme la possédait autrefois Jacquemin, pour trier à coup sûr les carreaux. Symon, malgré sa cécité, était devenu expert en ce domaine. Du bout de ses doigts, il caressait la pierre et ne se trompait jamais.

Le paradoxe était que son talent de sculpteur s'était tout entier révélé avec son handicap. Il était passé maître dans l'art de tailler les pierres et de créer des figures nouvelles, insolites et très belles.

Leur amour se trouva consolidé à la sortie de ces épreuves. Symon ne tarda pas à faire sa demande en mariage au père de Bertrade qui l'accepta aussitôt. Jamais Bertrade n'avait eu à regretter son engagement au côté de son mari. L'esprit de Symon semblait désormais serein. Ils préférèrent d'un accord tacite ne plus évoquer la sombre période qu'ils venaient de traverser.

Bertrade se regarda une nouvelle fois dans la glace. Elle ne savait pas pourquoi ces souvenirs remontaient aujourd'hui à sa mémoire. Peut-être fallait-il parfois se rappeler les épreuves traversées pour mieux apprécier les moments de bonheur ?

« Guilhaumme ! Tu es prêt ? Nous partons rejoindre ton père. »

Le jeune garçon, blond comme Symon, âgé d'une dizaine d'années, apparut à la porte.

« Oui, mère. Pourrai-je jouer avec mes camarades ? Je ferai attention à ne pas me salir. »

La jeune femme regarda avec fierté le fruit de leur bonheur.

« Bien sûr, répondit Bertrade. Allons, dépêchons-nous, nous sommes en retard. »

Sur le parvis la fête battait son plein. Des fleurs entrelacées formaient des guirlandes pour décorer la place. Des pâtisseries au miel et du cidre, disposés sur des étals, tentaient plus d'un gourmand.

Bertrade aimait bien cette festivité, certes d'esprit un peu païenne, mais qui communiait avec la nature.

A l'opposé de l'endroit où les danseurs caracolaient en folles farandoles, se tenaient les artisans. Une coutume millénaire faisait que chaque ouvrier, ayant à cœur de bien représenter sa corporation, présentait son savoir-faire dans une œuvre originale.

Bertrade qui tenait son fils par la main s'avança. Beaucoup de monde était rassemblé. La jeune femme tenta d'approcher du stand des sculpteurs, mais une foule compacte l'envahissait. Le Seigneur, quelques membres de sa cour, les prélats et les autorités du village qui comme chaque année visitaient l'exposition, s'étaient arrêtés près de Symon et de son œuvre.

Bertrade put enfin se faufiler entre les gens et s'approcher de son mari. Elle lui prit la main qu'il serra en signe de reconnaissance.

Emmeline était là, qui regardait Symon. Sa jeunesse insolente rayonnait sous une somptueuse toilette.

Une bouffée de haine gonfla la poitrine de Bertrade. Intérieurement elle en voulait toujours à la demoiselle, la rendant responsable de l'état de Symon.

Soudain, leurs regards s'accrochèrent. Les deux femmes se jaugèrent un moment, détaillant les toilettes, revenant au visage. Emmeline eut un sourire timide. En cet instant privilégié, Bertrade sentit que sa haine pourrait peut-être un jour la quitter. Les yeux d'Emmeline ne montraient en rien une quelconque supériorité. Bien au contraire, Bertrade sentait chez la jeune fille une profonde détresse, du chagrin même.

Emmeline avait aimé Symon, Bertrade en était sûre. Elle ne put s'empêcher d'avoir de la compassion envers la jeune fille. L'éternité ne signifiait pas le bonheur.

« Maman, dit soudain Guilhaumme, tu as vu, la Dame a la même rose que toi. »

Symon entendit les propos de son fils

mais ne réagit point. Il posa seulement sa main légère sur les cheveux de l'enfant.

Toute la loge se pressait autour du Seigneur. Celui-ci s'approcha de la stèle où le maître sculpteur avait disposé son œuvre. Le Seigneur sembla très intéressé par cette étrange figure.

« Mon ami, vous avez fait là quelque chose d'étrange mais passionnant en même temps, dit le monarque d'un air qui se voulait assez badin. Vous révolutionnez l'art de la sculpture. Tant que cela reste en accord avec les fondements de la religion, je n'y vois aucun inconvénient. Comment appelez-vous cette œuvre ? »

Très ému, Symon répondit :

« Cette image m'est apparue comme une lumière au milieu de ma nuit. Comme nous, cela monte vers les étoiles à la rencontre de Dieu.

« Je l'ai appelée le Vaisseau. »

Table

IMPRIMÉ EN FRANCE PAR BRODARD ET TAUPIN
La Flèche (Sarthe).
Dépôt légal Imp. : 6250V – Edit : 6651.
32-10-1596-11-9 – ISBN : 2-01-321596-7.
Loi n° 49-956 du 16 juillet 1949 sur les publications destinées à la jeunesse.
Dépôt légal : août 1999.